Collection dirigée par

~~~~ ~~~ London

École Jeannine Manuel UK
Company number 904998

Poèmes
(6e)

classiques Hatier

Groupement de texte

Mots et merveilles
Bestiaire
Les saisons et les jours
Au fil de la vie

Un genre
La poésie

© Hatier
Paris 2005
ISBN 978-2-218-75112-7
ISSN 0184 0851

Christine Luxardo,
certifiée de lettres modernes

Sommaire

PREMIÈRE PARTIE

Mots et merveilles

DEUXIÈME PARTIE

Bestiaire

TROISIÈME PARTIE

Les saisons et les jours

Au fil de la vie

La poésie

On raconte dans la mythologie grecque que le charme des chants du poète Orphée était si puissant qu'il pouvait adoucir les fauves les plus cruels, assagir les hommes les plus violents et même calmer les flots déchaînés sous la tempête. Fils de la muse Calliope (muse de l'éloquence, c'est-à-dire de l'art de bien parler), Orphée descendit aux enfers, le monde des morts dont on ne revient pas, pour y chercher sa femme, la nymphe Eurydice, qui avait été mortellement piquée par une vipère. Par les accents de sa lyre, il séduisit non seulement les terribles monstres du royaume des morts mais aussi le dieu Hadès et la déesse Perséphone qui régnaient sur les Enfers. Touchés par le courage de ce mari qui donnait une telle preuve d'amour, Hadès et Perséphone consentirent à lui rendre Eurydice. Mais ils y mirent une condition : Orphée devait remonter au jour, suivi de sa femme, sans se retourner pour la voir avant d'avoir quitté les Enfers. Orphée accepta et se mit en route. Il avait presque regagné la lumière du jour quand un terrible doute lui vint à l'esprit : Perséphone ne lui aurait-elle pas menti ? Eurydice était-elle bien derrière lui ? Il se retourna : alors Eurydice disparut à jamais dans le monde sombre des Enfers...

Comme les chants d'Orphée adoucirent le cœur des dieux, la poésie nous fait éprouver tour à tour la tristesse ou la joie, la mélancolie ou la surprise... Il arrive aussi qu'elle nous fasse sourire et même rire. Invitation au rêve, elle nous entraîne sur les chemins de l'imaginaire. Artisans des mots, les poètes travaillent les phrases comme le peintre la couleur, ou le compositeur la mélodie, et nous invitent à découvrir le monde sous un jour nouveau.

PREMIÈRE PARTIE

Mots et merveilles

« J'écrirai ce poème
pour qu'il me donne
un fleuve doux
comme les ailes du toucan... »

Alain Bosquet

Georges Braque (1882-1963), eau-forte
pour *La Bibliothèque est en feu*, ouvrage de René Char, 1956.

« POUR CONSTRUIRE UN POÈME... »

Pour construire un poème
Il faut briser le temps

Il faut prendre les mots
Dans un autre panier

5 Écouter les épées
Des oiseaux de l'aurore

Passer le lourd portail
Qui s'ouvre sur la mer

Enfoncer son talon
10 Dans l'argile du monde

Attendre que le froid
Gèle les bruits du cœur

Et contempler le mur
Où les signes regardent.

Georges JEAN (né en 1920),
Les Mots du ressac, Seghers.

À L'ENCRE DE CHINE

Dans ce godet¹ de porcelaine,
Un peu de noir fut dilué.
Naît une fleur de chrysanthème
Qu'un papillon vient visiter,
5 Laissant en marge son poème.
– Beauté du monde, qui tenez
Dans un godet de porcelaine,
Vous trouverai-je en l'encrier ?

Pierre MENANTEAU (1895-1992),
Pour un enfant poète, Hachette Livre.

Repérer et comprendre

La mise en espace

On reconnaît un poème à sa disposition sur l'espace de la page : il est composé de vers, regroupés en une ou plusieurs strophes. Ces vers, qui comportent un nombre de syllabes régulier ou irrégulier, peuvent rimer les uns avec les autres.

Selon le nombre de vers qu'elle compte, la strophe s'appelle un *distique* (deux vers), un *tercet* (trois vers), un *quatrain* (quatre vers), un *quintil* (cinq vers), un *sizain* (six vers) ou un *huitain* (huit vers).

1. Quelle différence remarquez-vous dans la mise en espace de chacun de ces deux poèmes ? Pour répondre, observez le nombre et le type de strophes ainsi que les rimes.

L'écriture poétique

2. « Pour construire un poème, il faut... » : quelles sont les qualités que le poète doit cultiver ? Pour répondre, relevez tout au long du poème les infinitifs.

3. *Les images.*

Dans un poème, l'association inhabituelle de certains mots crée des images qui nous offrent une vision inattendue de la réalité.

a. Relevez dans le premier poème les associations de mots qui créent des images. Quelles sont les images qui font appel à la vue ? à l'ouïe ? au toucher ?

b. Dans le second poème, où naît la « fleur de chrysanthème » (v. 3) ? Comment est-ce possible ? À votre avis, que cherche le poète dans l'encrier (v. 6-8) ?

Écrire

4. « Pour construire un poème, il faut... » : écrivez à votre tour une recette d'écriture pour composer un poème. Choisissez le ton qu'il vous plaira : réaliste, lyrique, comique...

« Dans ce godet de porcelaine [...] / Naît... » : laissez-vous porter par votre imagination et décrivez en trois ou quatre vers un paysage, un objet ou un fruit, par exemple.

---

1. Petit pot, encrier.

J'ÉCRIRAI

J'écrirai ce poème
    pour qu'il me donne
    un fleuve doux
    comme les ailes du toucan
5 j'écrirai ce poème
    pour qu'il t'offre une aurore
    quand il fait nuit
    entre ta gorge et ton aisselle
j'écrirai ce poème
10   pour que dix mille marronniers
    prolongent leurs vacances
    pour que sur chaque toit
    vienne s'asseoir une comète
j'écrirai ce poème
15   pour que le doute ce vieux loup
    parte en exil
    pour que tous les objets reprennent
    leurs leçons de musique
j'écrirai ce poème
20   pour aimer comme on aime par surprise
    pour respecter comme on respecte en oubliant
    pour être digne
    de l'inconnu de l'impalpable
j'écrirai ce poème
25   mammifère ou de bois
    il ne me coûte rien
    il m'est si cher
    il vaut plus que ma vie

Alain Bosquet (1919-1998),
Poèmes, un (1945-1967), Gallimard.

Repérer et comprendre

La mise en espace

1. *Les mètres et le décompte des syllabes.*

Le nombre de syllabes d'un vers définit son *mètre*. Les mètres les plus fréquents sont les *octosyllabes* (huit syllabes), les *décasyllabes* (dix syllabes) et les *alexandrins* (douze syllabes).

Quand il est placé à la fin d'un vers ou quand il est suivi d'un mot qui commence par une voyelle, le « e » ne se prononce pas.

Ex. : « J'é / cri / rai / ce / po / èm(e) » : 6 syllabes.

« pour / ai / mer / com / m(e) on / ai / me / par / sur / pris(e) » : 10 syllabes.

Quels sont les mètres utilisés dans ce poème ? Pour répondre, comptez les syllabes dans chacun des vers.

L'écriture poétique

2. *L'anaphore.*

L'anaphore est une figure de style qui consiste à répéter un mot ou un groupe de mots en début de vers, de phrase ou de proposition.

a. Relevez l'anaphore qui rythme le poème.

b. Relevez les mots qui évoquent la douceur, la joie, l'amour. Qu'en déduisez-vous sur les pouvoirs de la poésie ?

3. *La comparaison.*

La comparaison met en relation deux éléments, le *comparé* (élément que l'on compare) et le *comparant* (élément auquel on compare) pour en souligner le point commun. La comparaison est introduite par un *outil de comparaison* (comme, tel que, ressembler à…).

Ex. : La *mer* est comme un *miroir*.
    COMPARÉ   COMPARANT

L'élément commun entre la mer et le miroir est la faculté de renvoyer les rayons lumineux. « Comme » est l'outil de comparaison.

Relevez une comparaison et analysez-la.

Écrire

4. À la manière d'Alain Bosquet, donnez une dixième raison d'écrire un poème.

Un enfant dans une grande surface

Il y avait une fois
dans une grande surface
un enfant qui se promenait.

Il y avait aussi dix mille
5   boîtes de petits pois et de haricots verts,
de céleris, de macédoine,
de carottes et d'artichauts,
de confiture d'abricot,
de pomme, de poire, de fraise.

10   Il y avait une fois
dans une grande surface
un enfant qui se promenait.

Il y avait aussi dix mille
bouteilles d'eau gazeuse ou plate,
15   d'orangeade, de citronnade, de bordeaux,
de bourgogne, de porto, d'huile de tournesol
et d'huile d'arachide, de javel et
de limonade.

Il y avait une fois
20   dans une grande surface
un enfant qui se promenait.

Il y avait aussi une rivière de
fromages, de yaourts, un mur
de gâteaux secs, une montagne
25   d'ananas, un fleuve de pommes de terre,
une cloison de spaghettis,
une mer de sardines à l'huile
et de maquereaux au vin blanc.

J'ai demandé à cet enfant:
30   – Que cherches-tu? Du chocolat
ou des épinards surgelés?
Une glace à la pistache ou
des betteraves et des choux?
Des frites? Des caramels mous?
35   Des tartelettes aux cerises?
Des chaussettes ou des chemises?

Et cet enfant m'a répondu:
– Je cherche une chanson très belle,
je cherche un oiseau rouge et vert,
40   je cherche l'odeur de la mer
et le cri d'une tourterelle
lorsque le soleil aux doigts d'or
caresse les toits de la ville
et qu'on voit entrer dans le port
45   un bateau qui revient des îles.

Pierre GAMARRA (né en 1919),
L'Almanach de la poésie, Éditions Ouvrières.

1. Relevez l'anaphore dans les strophes 1 à 6. Quel genre de récit commence d'habitude ainsi ?

2. Quelle strophe est répétée ? Quel est l'effet produit ?

3. *L'accumulation.*

L'accumulation est une figure de style qui consiste à juxtaposer un grand nombre de termes de même nature.

a. Relevez les accumulations dans les strophes 1 à 7. Trouvez un terme général sous lequel vous pourriez regrouper l'ensemble des mots cités. Constituez, si vous le pouvez, des sous-groupes.

b. Quel est l'effet produit par cette accumulation de termes ?

4. Relevez dans la sixième strophe les termes qui font du supermarché un lieu comestible gigantesque.

5. Relevez dans la dernière strophe les mots qui évoquent des sensations visuelles (couleurs, lumière), auditives, olfactives (odeurs), tactiles (douceur, chaleur…). Que révèlent-ils de l'enfant ?

6. *La rime.*

On appelle *rime* la répétition d'une même sonorité à la fin de deux ou plusieurs vers.
On distingue :
– les rimes plates ou suivies (a a b b),
– les rimes croisées (a b a b),
– les rimes embrassées (a b b a).

a. Quels sont dans le poème les vers qui riment ? Quelle est la disposition des rimes ?

b. Dans quelle partie du poème se trouvent-ils ? Pourquoi selon vous ?

7. Sur quelle opposition est construit ce poème ? Le titre vous semble-t-il lui convenir ? Justifiez votre réponse puis trouvez-lui un autre titre.

É c r i r e

8. À la question « Que cherches-tu ? » (v. 30), que répondriez-vous ? Présentez votre réponse sous la forme d'une strophe poétique.

LES POINTS SUR LES *i*

Je te promets qu'il n'y aura pas d'*i* verts
Il y aura des *i* bleus
Des *i* blancs
Des *i* rouges
5 Des *i* violets, des *i* marrons
Des *i* guanes, de *i* guanodons
Des *i* grecs et des *i* mages
des *i* cônes, des *i* nattentions
Mais il n'y aura pas d'*i* verts.

Luc BÉRIMONT (1915-1983),
La Poésie comme elle s'écrit,
Éditions Ouvrières.

Repérer et comprendre

1. *Les vers libres.*
> *Les vers libres* sont des vers aux mètres variables et sans rimes. Ils jouent sur les répétitions de mots et de sonorités pour créer le rythme.

a. Quels sont les mètres utilisés dans ce poème ?
b. Quelle anaphore rythme le poème ?
2. Quels sont les jeux de mots contenus dans les vers 1, 6, 7 et 8 ? Pour répondre, transcrivez les mots cachés en supprimant les jeux de mots.
3. Relevez les adjectifs de couleurs. Pourquoi, dans les vers 2 à 5, sont-ils associés à la lettre *i* ?

Écrire

4. Ajoutez quatre vers au poème entre les vers 8 et 9.
5. À la manière de Luc Bérimont, jouez sur les mots pour écrire un poème à partir d'une lettre de l'alphabet que vous choisirez.

MER

La mer écrit un poisson bleu,
    efface un poisson gris.
La mer écrit un croiseur qui prend feu,
    efface un croiseur mal écrit.
5 Poète plus que les poètes,
    musicienne plus que les musiciennes,
elle est mon interprète,
    la mer ancienne,
la mer future,
10   porteuse de pétales,
porteuse de fourrure.
    Elle s'installe
au fond de moi : la mer écrit un soleil vert,
    efface un soleil mauve.
15 La mer écrit un soleil entrouvert
    sur mille requins qui se sauvent.

Alain BOSQUET (1919-1998),
Poèmes, un (1945-1967),
Gallimard.

R e p é r e r   e t   c o m p r e n d r e

1. a. Combien de vers ce poème comporte-t-il ? Quelles remarques faites-vous sur leur disposition ? sur leur mètre ?
b. Quels sont les vers les plus courts ? Combien comptent-ils de syllabes ? Relevez l'unique alexandrin. Quel est l'effet produit par ces variations de mètre ?
2. Relevez les répétitions de mots. Quel mot est le plus souvent repris ?
3. *La personnification.*

> *La personnification* consiste à attribuer des sentiments ou des comportements humains à une notion, un animal, une chose.

Quel élément est ici personnifié ? Citez plusieurs indices du texte qui le montrent.

Lire l'image

4. a. Représentez, sous la forme d'un schéma, la composition de ce dessin : tracez les figures géométriques que vous observez (bande, carré, losange). **b.** Quels animaux sont représentés dans la partie supérieure du tableau ? dans la partie inférieure ? Dans quel élément évoluent-ils ? **c.** Repérez sur l'image l'endroit où les oiseaux disparaissent au profit des poissons. Comment la substitution s'opère-t-elle ? **d.** Relevez tous les éléments qui contrastent.

5. Par quels procédés le peintre parvient-il à donner une impression de mouvement ?

CHERCHEZ LE

Un jour, la lettre Z
quitta l'azur, quitta le nez,
quitta Zanzibar et Zoé,
quitta le zébu et le zèbre,
5   la zibeline et le zinnia,
quitta le zinc, le zigoma,
quitta la zone et le zona,
quitta le zoo et le zouave,
quitta le Zambèze et Zorro,
10   quitta le zig, quitta le zag,
quitta Zizi, quitta Zouzou

et disparut on ne sait où !

Plus de z ! C'était très dur :

En levant le ne vers l'a ur,
15   quand on allait à an ibar,
on voyait un grand ciel ébré
d'horribles éclairs en ig- ag.
Les ibelines du oo
allaient boire dans le ambè e.
20   Impossible d'avoir éro
faute dans toutes ses dictées.
Alors, orro tout é ayant,
alors i i, alors ou ou,
s'en sont allés chercher le .
25   Ils ont fini par le trouver
entre an ibar et Bé iers,
Vera Cru et St-Jean de Lu ,
dans la one où sont les ébus.

Et depuis que le z est là,
30   le nez a retrouvé son bout,
Zizi s'amuse avec Zouzou
dans un jardin de zinnias,
tous les zébus sont au zoo,
et le zouave au pont de l'Alma.
35   Et dans l'air, le fouet de Zorro
écrit encore des zéros.

Pierre GAMARRA (né en 1919),
Mon Premier Livre de poèmes pour rire,
Éditions Ouvrières.

Repérer et comprendre

1. *Les jeux de sonorités.*
La poésie est fondée sur des répétitions de *sonorités* (soit à la rime, soit à l'intérieur du vers).
a. Le poème comporte-t-il des rimes ?
b. Quel son consonne est répété dans la première strophe ? Quel est l'effet produit ?
2. *Le rythme.*
Le *rythme* est fondé sur les pauses de la voix et le retour régulier de syllabes accentuées (que l'on prononce avec plus de force que d'autres).
a. Recopiez le vers 2 et lisez-le. Après quelles syllabes marquez-vous des pauses (indiquez les pauses par une barre /) ? Quelles syllabes prononcez-vous avec plus de force que les autres (soulignez ces syllabes) ?
b. Quels autres vers sont particulièrement rythmés ?
3. Quelle est la particularité de la seconde strophe en ce qui concerne la graphie des mots ? Quel est l'effet produit ?

Écrire

4. À votre tour, composez une strophe dans laquelle vous introduirez des répétitions de sonorités.
5. Écrivez une strophe dans laquelle vous vous interdirez de faire figurer une lettre que vous choisirez.

PONCTUATION

– Ce n'est pas pour me vanter,
    Disait la virgule,
Mais, sans mon jeu de pendule,
Les mots, tels des somnambules,
5 Ne feraient que se heurter.

– C'est possible, dit le point.
    Mais je règne, moi,
Et les grandes majuscules
Se moquent toutes de toi
10 Et de ta queue minuscule.

– Ne soyez pas ridicules,
    Dit le point-virgule,
On vous voit moins que la trace
De fourmis sur une glace.
15 Cessez vos conciliabules.

Ou, tous deux, je vous remplace !

Maurice CARÊME (1899-1978), *Au clair de la lune*,
Hachette Livre, © Fondation Maurice Carême.

Repérer et comprendre

1. Quelles remarques faites-vous sur la mise en espace (nombre de strophes, mètres utilisés) ?
2. Quels éléments sont personnifiés ? Qui parle dans chaque strophe ?
3. a. Relevez et analysez les comparaisons dans les strophes 1 et 3, les oppositions dans la strophe 2. **b.** Quel est le sens du mot « conciliabule » (v. 15) ? **c.** Qui a le dernier mot ? Pourquoi ?

Écrire

4. Donnez la parole aux points d'interrogation, d'exclamation, de suspension. Que dirait chacun d'eux pour vanter ses mérites ?

COLORIAGE

Pleurer bleu
Rire citron
Grimacer vert
Rêver indigo
5　Crier rouille
Mourir rouge
Mais comment donc faire pour épuiser toutes ces couleurs ?

Rachid BOUDJEDRA (né en 1941), *Greffe*,
(poèmes traduits de l'arabe par Antoine Moussali
en collaboration avec l'auteur), Denoël.

Repérer et comprendre

1. Quel rapport y a-t-il entre le titre et le poème ?
2. a. Relevez les verbes. À quel mode sont-ils ? Qu'évoquent-ils pour vous ?
b. Que signifient les expressions « avoir le blues », « rire jaune », « vert de rage » ? Retrouvez ces expressions transformées par le poète.

Écrire

3. Cherchez d'autres expressions comportant des mots désignant des couleurs. Composez un court poème à partir de quelques-unes de ces expressions.

L'ENFANT QUI BATTAIT LA CAMPAGNE

Vous me copierez deux cents fois le verbe :
Je n'écoute pas. Je bats la campagne.

Je bats la campagne, tu bats la campagne,
Il bat la campagne à coups de bâton.

5   La campagne ? Pourquoi la battre ?
Elle ne m'a jamais rien fait.

C'est ma seule amie, la campagne.
Je baye aux corneilles, je cours la campagne.

Il ne faut jamais battre la campagne :
10   On pourrait casser un nid et ses œufs.

On pourrait briser un iris, une herbe,
On pourrait fêler le cristal de l'eau.

Je n'écouterai pas la leçon.
Je ne battrai pas la campagne.

Claude ROY (1915-1997), *Enfantasques*, Gallimard.

R e p é r e r   e t   c o m p r e n d r e

La situation d'énonciation

On appelle *situation d'énonciation* les conditions dans lesquelles un
énoncé est produit : qui s'adresse à qui ? où ? quand ?
1. Qui sont les deux personnages en présence ? Où peut se dérouler
la scène ?
2. a. Qui prend le premier la parole ? Qui désigne le pronom « vous »
(v. 1) ?
b. Dans quels vers le pronom « je » est-il un simple pronom de conju-
gaison ? Dans quels vers est-il le pronom de l'énonciation (qui remplace la narrateur) ?
c. Relevez les vers en italique. Qui les prononce ?

Des mots et des images

3. *Le sens propre et le sens figuré.*

> *Le sens propre* est le sens premier d'un mot.
>
> Ex. : au sens propre, « vipère » désigne un animal.
>
> *Le sens figuré* est le sens imagé.
>
> Ex. : au sens figuré, « vipère » désigne une personne méchante.

a. Cherchez le sens propre et le sens figuré de l'expression « battre la campagne ».

b. Combien de fois le verbe « battre » est-il répété ? Dans quels vers est-il employé au sens propre ? Dans quels vers l'est-il au sens figuré ? Quel est l'effet produit ?

L'enfant

4. *La métaphore.*

> *La métaphore* rapproche deux éléments pour en souligner la ressemblance, le point commun.
>
> Ex. : des flocons d'écume (les flocons évoquent la légèreté, la couleur blanche).

Expliquez l'image contenue dans la métaphore : « On pourrait fêler le cristal de l'eau » (v. 12). En quoi traduit-elle le respect de l'enfant pour la nature ? Citez d'autres expressions qui traduisent ce respect.

5. Le comportement de l'enfant évolue-t-il entre le début et la fin du poème ? Pour justifier votre réponse, appuyez-vous sur les types de phrases (v. 3-5 et 13-14) et sur le temps des verbes (v. 2 et 13-14).

La visée

6. Quelle est la critique sous-entendue dans ce poème ?

Écrire

7. Choisissez une des expressions suivantes : « tourner rond », « prendre ses jambes à son cou », « passer un savon », « poser un lapin », « piquer une tête », « parler à cœur ouvert », « en pincer pour quelqu'un ». Cherchez sa signification puis, à la manière de Claude Roy, composez un poème en jouant sur le sens propre et le sens figuré de cette expression.

8. « Il ne faut jamais battre la campagne :

On pourrait... » (v. 9-10).

Écrivez trois vers commençant par « on pourrait ». Trouvez pour cela trois arguments en faveur de la nature.

9. Un élève a été puni en classe. Racontez la scène.

CHANT DU MERLE

La roue en avait assez
De trimballer[1] la charrette.
Le poivre en avait assez
D'assaisonner la blanquette.
5   Assez que l'eau chaude avait
De cuire à point les navets,
Le feu d'exciter l'eau chaude.
Le four d'enfler la farine
Et le poète ses odes[2].
10 La rose était écœurée
De caresser les narines.

Un dormant raz de marée
Couvrit toute la machine[3].
Assez ! assez, plus qu'assez
15 Geignaient mille pots cassés.
Le cœur lui-même était las,
Oh ! las de voler si bas.

Tout dormait, dorma, dormut
Dans les vieux pays fourbus.
20 Et tout dormirait encore,
Tout dormirait à jamais,
Si, tout à coup dans l'aurore
D'un joli mai qui germait,
Perlant, fusant à la ronde,
25 Le chant d'un merle jeunet[4]
N'avait réveillé le monde.

Géo NORGE (1898-1990),
La Belle Saison, Flammarion.

---

1. Transporter (familier).   **2.** Poèmes lyriques.   **3.** Le monde, l'univers.   **4.** Très jeune (familier).

Repérer et comprendre

La mise en espace

1. a. Quelles remarques faites-vous sur les strophes, leur nombre, leur taille ?

b. Le vers est-il régulier ? pair ou impair ?

La situation d'énonciation

2. Le poète est-il un personnage ? Justifiez votre réponse.

3. Quel est le niveau de langage utilisé ? Citez le texte.

La structure rythmique du poème

4. Relevez l'énumération sur laquelle est bâtie la première strophe.

5. a. Relevez les répétitions qui rythment le poème.

b. Combien de fois le verbe « dormir » est-il répété dans la dernière strophe ? Quelles formes verbales sont inventées ? Quel est l'effet produit ?

La progression du poème

6. a. Quels objets ou éléments sont personnifiés dans les deux premières strophes ?

b. À quels autres objets ou éléments sont-ils associés ?

c. Ces associations sont-elles logiques ou fantaisistes ? Justifiez votre réponse.

7. Quel est le sens figuré de l'expression « dormir à jamais » (v. 21) ? À quelle saison cette expression peut-elle faire penser ?

8. a. Quelle est la saison du mois de mai ? Qu'évoque-t-elle d'ordinaire ?

b. Relevez les assonances en [j] du vers 23. Quel autre jeu de sonorités remarquez-vous dans ce vers ? Quel est l'effet produit ?

9. En quoi l'arrivée du mois de mai marque-t-elle une rupture avec l'humeur générale qui précède ?

10. Quel rapport établissez-vous entre la dernière strophe et le titre du poème ?

Écrire

11. À la manière de Norge, continuez la première strophe de quelques vers.

« PARASOLS »

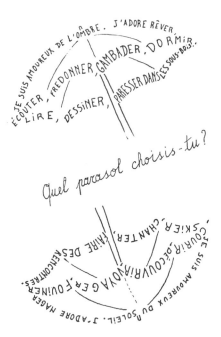

JE SUIS AMOUREUX DE L'OMBRE. J'ADORE RÊVER,
ÉCOUTER, FREDONNER, GAMBADER, DORMIR.
LIRE, DESSINER, PARESSER DANS LES SOUS-BOIS.

Quel parasol choisis-tu ?

JE SUIS AMOUREUX DU SOLEIL. J'ADORE NAGER,
FOUINER, VOYAGER, DÉCOUVRIR, COURIR,
SKIER, CHANTER, FAIRE DES RENCONTRES.

Évelyne WILWERTH (née en 1947),
Le Livre des amusettes, Éditions Ouvrières.

Repérer et comprendre

1. a. En quoi la mise en espace de ce poème est-elle particulière ?
b. Quelle définition pouvez-vous donner du calligramme ? Cherchez
l'origine du mot dans le dictionnaire.
2. Déchiffrez ce calligramme : quel est le sens de votre lecture ?
3. Quelle est la nature grammaticale des mots qui dessinent le bord
des parasols ?
4. En quoi les parasols s'opposent-ils ? Prenez en compte le dessin et
le texte pour répondre.

« ÉCHELLES »

Plus tard, j'aurai une maison pleine de bijoux, miroirs, musique, lumière, meubles, gadgets, chambres. J'inviterai mes amis à de grandes fêtes.

Plus tard, j'aurai une maison pleine de livres, bougies, chatons, plantes, enfants, tissages, coussins. Et j'écouterai le silence chaque nuit.

Évelyne WILWERTH (née en 1947),
Le Livre des amusettes, Éditions Ouvrières.

Repérer et comprendre

1. Quelle partie de l'échelle est constituée de phrases verbales ? Quelle partie repose sur une énumération de mots ? Quelle est la nature grammaticale de ces mots ?

2. Quelle échelle préférez-vous ? Pourquoi ?

Écrire

3. Comment imaginez-vous votre future maison ?
Construisez un calligramme en forme de maison pour la décrire.

```
          A-t-on
        Jamais vu
    Plus ridicule
        Oiseau ?
          Lourd
           Long
           Laid
           Long
           Laid
           Long
           Laid
           Long
           Laid
           Long
          Lourd
        Si lourd
      Long laid
      Qu'il ne peut
    Voler sur la savane ,
  Ses ailes n'étant que tristes
 Plumeaux lamentables , inutiles !
Son cou qui s'accroche aux nuages
  Est si long , si laid , si déplumé
  Et si tordu qu'il est une caricature
   De cou de cygne , de héron , de grue.
   Quant à sa tête minuscule et aplatie
     Et presque chauve , elle apitoierait
       Même le lion qui geint car il a faim .
       Mais sur son derrière,    Regardez
       Approchez-vous donc!      Regardez
          Ces plumes , là !   Oh Ah   Oh!
             Merveilleuses     Oh Ah   Oh!
              Parures !        Oh  Ah   Oh!
                Douce          Oh  Ah   Oh!
                 Fine          Oh  Ah   Oh!
                Soie!        Oh  Ah    Oh!
                Joie         Oh  AH    Oh!
                  Des        Oh Ah    Oh!
                 Yeux         O  Ah    O!
                  Oh
                 Ah
                 Oh
                 Ah
                Oh
               Ah
              Oh
              Ah
         Jolie parure
             Pour
        Les danseuses
```

Vette DE FONCLARE
(née en 1937),
« L'arche de Noé »,
L'Écharpe d'Iris,
Hachette Livre.

Repérer et comprendre

1. Quel est l'oiseau évoqué ?

2. Quelle est la nature grammaticale des mots qui constituent le cou ? Qu'ont-ils en commun ? Pour répondre, faites une remarque sur le nombre de syllabes et sur leurs sonorités.

3. a. Lisez la suite du calligramme : relevez tous les mots dépréciatifs (qui visent à dévaloriser l'oiseau). Dans quelle partie du dessin se produit un changement ? Pourquoi à votre avis ?

b. Relevez les interjections. Quels sentiments expriment-elles ?

Écrire

4. Choisissez un objet ou un animal. Dessinez-le brièvement en ne gardant que ses traits essentiels. Composez un calligramme qui évoquera sa silhouette. Les mots remplaceront les lignes de crayon.

Rechercher

5. À l'aide d'un livre de biologie ou d'une encyclopédie, rédigez une fiche illustrée sur l'autruche. L'autruche est-elle un animal sauvage ou domestique ? Quel est son mode de vie ? Où la trouve-t-on ? Pourquoi est-elle recherchée par l'homme ?...

6. a. Que signifie l'expression imagée : « faire l'autruche » ?

b. Recherchez une autre expression imagée qui a le même sens.

IL PLEUT

Il pleut des voix de femmes comme si elles étaient mortes même dans le souvenir

c'est vous aussi qu'il pleut merveilleuses rencontres de ma vie ô gouttelettes

et ces nuages cabrés se prennent à hennir tout un univers de villes auriculaires

écoute s'il pleut tandis que le regret et le dédain pleurent une ancienne musique

écoute tomber les liens qui te retiennent en haut et en bas

Repérer et comprendre

1. Déchiffrez ce calligramme et transcrivez-le sous forme d'un texte suivi.

Guillaume APOLLINAIRE
(1880-1918),
Calligrammes,
Gallimard.

DEUXIÈME PARTIE

Bestiaire

« Dans ma cervelle se promène,
Un beau chat, fort, doux et charmant... »

Charles Baudelaire

Théodore Géricault (1791-1824), « Le Chat blanc », huile sur toile.

LA CIGALE ET LA FOURMI

La Cigale, ayant chanté
    Tout l'été,
Se trouva fort dépourvue[1]
Quand la bise fut venue.
5 Pas un seul petit morceau
De mouche ou de vermisseau.
Elle alla crier famine
Chez la Fourmi sa voisine,
La priant de lui prêter
10 Quelque grain pour subsister[2]
Jusqu'à la saison nouvelle.
« Je vous paierai, lui dit-elle,
Avant l'Oût[3], foi d'animal,
Intérêt et principal. »
15 La Fourmi n'est pas prêteuse ;
C'est là son moindre défaut.
« Que faisiez-vous au temps chaud ?
Dit-elle à cette emprunteuse.
– Nuit et jour à tout venant
20 Je chantais, ne vous déplaise.
– Vous chantiez ? j'en suis fort aise.
Eh bien ! dansez maintenant. »

Jean DE LA FONTAINE (1621-1695),
Fables, Livre I, 1.

J.-J. Granville (1803-1849), gravure.

1. Sans ressources.   2. Survivre.   3. Le mois d'août (orthographe ancienne).

Repérer et comprendre

Les personnages

La fable se présente sous la forme d'un récit plaisant dont les personnages sont souvent des animaux. Ce récit a une portée morale. La morale, leçon de sagesse, peut être exprimée ou non.

1. a. Qui sont les personnages de cette fable ? En quoi sont-ils bien des animaux ? En quoi ont-ils des comportements humains ?

b. Quel est le défaut principal de chacun d'eux ? Justifiez votre réponse en citant le texte.

c. L'ironie.

L'ironie consiste à se moquer en disant le contraire de ce que l'on pense. Qui prend la parole le premier ? Quels arguments sont avancés ? Qui a le dernier mot et prend le dessus ? Relevez la phrase ironique.

La progression du récit

Un récit suit souvent une progression en cinq étapes qui constitue le schéma narratif. On distingue :
– la situation initiale (qui pose les circonstances, les personnages) ;
– l'élément modificateur (qui déclenche l'action) ;
– l'action ou l'enchaînement des actions (les péripéties) ;
– le dénouement (un événement qui met un terme aux actions) ;
– la situation finale (un nouvel ordre des choses est établi).

2. Quel est le sens du mot « bise » (v. 4) ? En quelle saison se déroule la scène ?

3. Résumez chaque étape du récit en une phrase.

4. Par quoi se termine le récit ? S'agit-il d'une situation finale ?

La morale

5. La morale de la fable est-elle exprimée ? Quelle est la visée de ce récit ? Rédigez en vers ou en prose la leçon que l'on pourrait en tirer.

Écrire

6. Vous avez un jour demandé que l'on vous prête quelque chose et cela vous a été refusé (ou inversement : vous avez refusé de prêter quelque chose). Racontez en quelles circonstances. Terminez votre récit par une morale.

7. Lisez la fable de l'auteur grec Ésope dont La Fontaine s'est inspiré.

La Cigale et les Fourmis

C'était en hiver; leur grain étant mouillé, les fourmis le faisaient sécher. Une cigale qui avait faim leur demanda de quoi manger. Les fourmis lui dirent: « Pourquoi, pendant l'été, n'amassais-tu pas, toi aussi, des provisions? - Je n'en avais pas le temps, répondit la cigale: je chantais mélodieusement. » Les fourmis lui rirent au nez: « Eh bien! dirent-elles, si tu chantais en été, danse en hiver. »

Cette fable montre qu'en toute affaire il faut se garder de la négligence, si l'on veut éviter le chagrin et le danger.

Ésope (VIe siècle av. J.-C.), *Fables.*

a. L'histoire racontée est-elle la même dans les deux fables? Aidez-vous du schéma narratif pour répondre.

b. Y a-t-il des modifications concernant les personnages (nombre, comportement)?

c. Y a-t-il des modifications dans le mode de narration? Pour répondre:
– comparez la mise en espace de chacune des fables (laquelle est en vers, laquelle est en prose?);
– dites si chacune d'elles accorde une place aux dialogues;
– relevez quelques mots ou expressions communs aux deux fables;
– dites si la morale est exprimée ou non.

Dire et mettre en scène

8. Vous apprendrez la fable avec deux autres élèves. Vous vous répartirez les rôles: le narrateur, les personnages. Vous imaginerez une petite mise en scène avec quelques accessoires.

Rechercher

9. Consultez un ouvrage de biologie ou une encyclopédie. Rédigez, sans recopier, une fiche sur la cigale et la fourmi. Vous l'illustrerez sans oublier de légender vos documents.

LE CORBEAU ET LE RENARD

Maître Corbeau, sur un arbre perché,
   Tenait en son bec un fromage.
Maître Renard, par l'odeur alléché,
   Lui tint à peu près ce langage :
5   « Et bonjour, Monsieur du Corbeau.
Que vous êtes joli ! que vous me semblez beau !
   Sans mentir, si votre ramage
   Se rapporte à votre plumage[1],
Vous êtes le Phénix des hôtes de ces bois[2]. »
10 À ces mots, le Corbeau ne se sent pas de joie ;
   Et pour montrer sa belle voix,
Il ouvre un large bec, laisse tomber sa proie.
Le Renard s'en saisit, et dit : « Mon bon Monsieur,
   Apprenez que tout flatteur
15 Vit aux dépens[3] de celui qui l'écoute.
Cette leçon vaut bien un fromage, sans doute. »
   Le Corbeau honteux et confus
Jura, mais un peu tard, qu'on ne l'y prendrait plus.

Jean DE LA FONTAINE (1621-1695), *Fables*, Livre I, 2.

---

1. Si vous chantez aussi bien que vous êtes beau.
2. Vous êtes l'oiseau rare, supérieur à tous les animaux de la forêt.
3. Vit à la charge, au détriment.

Repérer et comprendre

Les personnages

1. a. Qui sont les deux personnages de cette fable ? Par quels mots sont-ils désignés dans les vers 1 à 4 ?

b. En quoi sont-ils des animaux ? En quoi ont-ils des comportements humains ?

Le mode de narration

2. a. Quels sont les mètres utilisés ? Sont-ils réguliers ?

b. Quelle est la disposition des rimes ?

3. *L'inversion.*

L'inversion est un procédé qui consiste à modifier l'ordre habituel des mots.

a. Rétablissez l'ordre ordinaire des mots des vers 1 à 4.

b. Quel est l'effet produit par l'inversion ?

4. Repérez les passages narratifs puis relevez les verbes. À quels temps sont-ils ? À partir de quel vers le présent de narration est-il utilisé ? Quel est l'effet produit par le changement de temps ?

5. *Le discours direct.*

Dans les fables, la narration est souvent entrecoupée de *paroles rapportées directement*, introduites par des guillemets ou un tiret.

a. Recopiez les paroles rapportées. Qui parle à chaque fois ?

b. Quel est le type de phrases au vers 6 ? Quel sentiment traduisent-elles ? Ce sentiment est-il sincère ? Justifiez votre réponse.

La progression du récit

6. Au début du récit, quel personnage a l'avantage sur l'autre ? Lequel prend l'avantage à la fin ? Par quel procédé est-il arrivé à ses fins ? Quel défaut de l'autre personnage a-t-il exploité ?

La morale

7. a. Recopiez la morale de cette fable.

b. La fable se termine-t-elle par la morale ou par le récit ?

8. « Apprenez » (v. 14) : qui parle ? À qui ?

9. Quelle est la valeur du présent « vit » (v. 15) ?

10. Lisez la fable de l'auteur grec
Ésope dont La Fontaine s'est inspiré.

Le Corbeau et le Renard

*Un corbeau, ayant volé un morceau
de viande, s'était perché sur un arbre.
Un renard l'aperçut, et, voulant se
rendre maître de la viande, se posta
devant lui et loua ses proportions élé-
gantes et sa beauté, ajoutant que nul
n'était mieux fait que lui pour être le
roi des oiseaux,*
*et qu'il le serait sûrement, s'il avait de
la voix. Le corbeau, voulant lui montrer
que la voix non plus ne lui manquait
pas, lâcha la viande et poussa de
grands cris. Le renard se précipita et,
saisissant le morceau, dit: «O corbeau,
si tu avais aussi du jugement, il ne te
manquerait rien pour devenir le roi
des oiseaux.»*
*Cette fable est une leçon pour
les sots.*

Ésope (VIᵉ siècle av. J.-C.), *Fables*.

a. L'histoire racontée est-elle
la même dans les deux fables?
Justifiez votre réponse.
b. La fable d'Ésope comporte-t-elle
autant de paroles rapportées directement que celle de La Fontaine? Quel
est l'effet produit dans l'une et l'autre
fable?
c. Relevez la morale.
Où est-elle située dans le texte?
Est-elle la même que celle de la fable
de Jean de La Fontaine?

Boiserie peinte d'après Oudry (vers 1750).

LE RENARD ET LA CIGOGNE

Compère le Renard se mit un jour en frais,
Et retint à dîner commère la Cigogne.
Le régal[1] fut petit, et sans beaucoup d'apprêts ;
    Le galant pour toute besogne
5 Avait un brouet[2] clair (il vivait chichement).
Ce brouet fut par lui servi sur une assiette :
La Cigogne au long bec n'en put attraper miette ;
Et le drôle eut lapé le tout en un moment.
    Pour se venger de cette tromperie,
10 À quelque temps de là, la Cigogne le prie.
« Volontiers, lui dit-il, car avec mes amis
    Je ne fais point cérémonie. »
    À l'heure dite il courut au logis
    De la Cigogne son hôtesse,
15   Loua très fort la politesse,
    Trouva le dîner cuit à point.
Bon appétit surtout ; Renards n'en manquent point.
Il se réjouissait à l'odeur de la viande
Mise en menus morceaux, et qu'il croyait friande.
20   On servit, pour l'embarrasser,
En un vase à long col et d'étroite embouchure[3].
Le bec de la Cigogne y pouvait bien passer,
Mais le museau du Sire était d'autre mesure.
Il lui fallut à jeun retourner au logis,
25 Honteux comme un Renard qu'une Poule aurait pris,
    Serrant la queue, et portant bas l'oreille.
      Trompeurs, c'est pour vous que j'écris :
      Attendez-vous à la pareille.

Jean DE LA FONTAINE (1621-1695), *Fables*, Livre I, 18.

---

1. Festin.   **2.** Bouillon, soupe.   **3.** Ouverture.

La situation d'énonciation

1. a. Relevez les passages qui présentent un commentaire du fabuliste.

b. À qui celui-ci s'adresse-t-il dans les deux derniers vers ?

Les personnages

2. a. Citez les mots ou les expressions qui désignent et caractérisent chacun des personnages de la fable.

b. En quoi ces personnages sont-ils des animaux ? En quoi ont-ils des comportements humains ?

Le mode de narration

3. Quels sont les mètres utilisés ? Quelle est la disposition des rimes ? Quel est l'effet produit par les mètres plus courts ?

4. a. À quel temps sont les passages narratifs ?

b. Quelle est la valeur du présent « manquent » (v. 17) ?

La progression du récit

On dit qu'il y a *retournement de situation* quand une situation change brusquement à l'avantage ou au désavantage d'un personnage.

5. Qui a l'avantage au début du récit ? Qui le prend ensuite ?

6. À quel vers s'amorce le retournement de situation ?

7. Comparez les deux procédés utilisés pour tromper l'autre (nature des repas servis, récipients). Appuyez-vous sur des indices du texte.

8. Identifiez la figure de style utilisée au vers 25. Analysez-la.

La morale

9. Quelle est la visée de ce récit ? Appuyez-vous sur la morale pour répondre.

É c r i r e

10. Imaginez un récit qui mettra en scène un personnage qui de trompeur devient trompé. Vous introduirez quelques dialogues et terminerez votre récit par la même morale que Jean de La Fontaine.

J.-J. Granville (1803-1849).

LE RENARD ET LE BOUC

Capitaine Renard allait de compagnie
Avec son ami Bouc des plus hauts encornés[1].
Celui-ci ne voyait pas plus loin que son nez ;
L'autre était passé maître en fait de tromperie.
5 La soif les obligea de descendre en un puits.
    Là chacun d'eux se désaltère.
Après qu'abondamment tous deux en eurent pris,
Le Renard dit au Bouc : « Que ferons-nous, compère ?
Ce n'est pas tout de boire, il faut sortir d'ici.
10 Lève tes pieds en haut et tes cornes aussi :
Mets-les contre le mur. Le long de ton échine[2]
    Je grimperai premièrement ;
    Puis sur tes cornes m'élevant,
    À l'aide de cette machine,
15   De ce lieu-ci je sortirai,
    Après quoi je t'en tirerai.
– Par ma barbe, dit l'autre, il est bon ; et je loue
    Les gens bien sensés[3] comme toi.
    Je n'aurais jamais, quant à moi,
20   Trouvé ce secret, je l'avoue. »
Le Renard sort du puits, laisse son compagnon,
    Et vous lui fait un beau sermon
    Pour l'exhorter à patience.
« Si le ciel t'eût, dit-il, donné par excellence
25 Autant de jugement[4] que de barbe au menton,
    Tu n'aurais pas, à la légère,
Descendu dans ce puits. Or, adieu, j'en suis hors.[5]
Tâche de t'en tirer, et fais tous tes efforts :
    Car pour moi, j'ai certaine affaire
30 Qui ne me permet pas d'arrêter en chemin.
En toute chose il faut considérer la fin. »

Jean DE LA FONTAINE (1621-1695), *Fables*, Livre III, 5.

Repérer et comprendre

Les personnages
1. a. Relevez les mots et expressions qui désignent et qui caractérisent le renard puis le bouc.

b. « Avec son ami Bouc » (v. 2) : expliquez l'ironie de cette expression.

Le dialogue
2. Le renard indique-t-il son plan avec précision (v. 8-16) ? Observez les connecteurs chronologiques et le temps des verbes pour répondre.

3. a. En quoi la réplique du bouc (v. 17-20) est-elle conforme à la caractérisation qui a été faite de lui au vers 3 ?

b. Quel est l'effet produit par la formule « par ma barbe » (v. 17) ? Dans quel vers le mot « barbe » est-il repris ? Sur quel ton ?

La progression du récit
4. a. Résumez la situation initiale. En quoi la caractérisation des personnages annonce-t-elle la suite du récit ?

b. Citez le vers qui présente l'élément modificateur.

c. Quelles actions s'enchaînent ?

d. Quel est le dénouement ?

5. Comparez le début et la fin de la fable : qui avait le dessus au début ? Qui l'a à la fin ?

La morale
6. Relevez la morale de cette fable. Quel est son sens ? Quel rapport y a-t-il entre la morale et l'histoire racontée ?

Dire

7. Recherchez dans un recueil intégral des *Fables* de La Fontaine toutes les fables mettant en scène un renard. Recopiez celle que vous préférez et récitez-la devant la classe.

---

1. Aux grandes cornes. **2.** Dos. **3.** Raisonnables. **4.** Bon sens. **5.** J'en suis sorti.

RENARD

Qui rôde dans le brouillard
Entre chien et loup quand s'égarent
Le lapin sans cesse en retard,
La poule mouillée, le canard
5 Et tous les autres traînards
Du clapier ou de la mare ?

Qui court à travers l'automne
Dont il porte les couleurs
De pourpre, de pampre et de pomme,
10 Toujours vigilant, toujours seul,
Lui le chasseur, lui le veilleur
Aux confins du monde des hommes ?

On dirait un feu qui s'avance
Dans le froid, à pas de silence :
15 L'Arsène Lupin des poulaillers
Ganté, masqué, l'œil aux aguets !
Ce voleur n'est pas un busard,
Ses vols à lui sont œuvres d'art,
C'est le Roi de la nuit : renard.

Marc ALYN (né en 1937), *L'Arche enchantée*, Éditions Ouvrières.

Miniature du XVe siècle.

La mise en espace

1. Quelles remarques faites-vous sur la mise en espace ? Quels sont les mètres utilisés ?

Un poème-devinette

2. Identifiez le type de phrase utilisé dans les deux premières strophes.

3. a. Relevez la comparaison et les autres expressions qui caractérisent le renard.

b. Expliquez la périphrase utilisée pour désigner le renard, vers 15-16.

4. a. Quel est le dernier mot du poème ?

b. En quoi les rimes de la première strophe l'annonçaient-elles ?

5. Relevez les répétitions de mots et de sonorités dans la seconde strophe. Quel est l'effet produit ?

6. En quoi ce poème s'apparente-t-il à une devinette ? Appuyez-vous sur l'ensemble de vos réponses pour répondre.

Le jeu sur les mots

7. Cherchez dans le dictionnaire le sens des expressions suivantes : « entre chien et loup » (v. 2), « poule mouillée » (v. 4), « porte(r) les couleurs » (v. 8). Dans ce poème, sont-elles prises au sens propre ou au sens figuré ? Justifiez votre réponse.

8. Quelles sont les références culturelles citées dans les vers 3 et 15 ? Pour répondre, dites quel ouvrage de littérature jeunesse présente un lapin toujours en retard et expliquez qui est Arsène Lupin.

9. Certaines expressions toutes faites ont été modifiées : « à pas de silence » (v. 14), « l'œil aux aguets » (v. 16). Retrouvez les expressions d'origine.

Écrire

10. À la manière de Marc Alyn, écrivez un poème-devinette décrivant un être vivant, un être imaginaire (dieu ou héros de la mythologie grecque, par exemple) ou un objet de votre choix.

Vous utiliserez des périphrases et des comparaisons et ne révélerez la solution qu'au dernier vers.

Lisez votre poème à la classe et faites deviner la solution.

LE LOUP ET L'AGNEAU

La raison du plus fort est toujours la meilleure :
    Nous l'allons montrer tout à l'heure[1].
    Un Agneau se désaltérait[2]
    Dans le courant d'une onde pure.
5 Un Loup survient à jeun[3] qui cherchait aventure,
    Et que la faim en ces lieux attirait.
  « Qui te rend si hardi de troubler mon breuvage ?
    Dit cet animal plein de rage :
  Tu seras châtié de ta témérité.
10 – Sire, répond l'Agneau, que votre Majesté
    Ne se mette pas en colère ;
    Mais plutôt qu'elle considère
    Que je me vas désaltérant
    Dans le courant,
15   Plus de vingt pas au-dessous d'Elle,
  Et que par conséquent, en aucune façon,
    Je ne puis troubler sa boisson.
    – Tu la troubles, reprit cette bête cruelle,
  Et je sais que de moi tu médis[4] l'an passé.
20 – Comment l'aurais-je fait si je n'étais pas né ?
  Reprit l'Agneau, je tette encor ma mère.
    – Si ce n'est toi, c'est donc ton frère.
    – Je n'en ai point. – C'est donc quelqu'un des tiens :
    Car vous ne m'épargnez guère,
25   Vous, vos bergers, et vos chiens.
  On me l'a dit : il faut que je me venge. »
    Là-dessus, au fond des forêts
    Le Loup l'emporte, et puis le mange,
    Sans autre forme de procès.

Jean DE LA FONTAINE (1621-1695), *Fables*, Livre I, 10.

---

1. Maintenant.   2. Buvait.   3. Affamé, qui n'a pas mangé.   4. Que tu dis du mal de moi.

La situation d'énonciation
1. Qui désigne le pronom « nous » (v. 2) ?

Le lieu
2. a. Relevez les indications de lieu. Dans quel cadre l'action se déroule-t-elle ?
b. « Plus de vingt pas au-dessous d'Elle » (v. 15) : situez l'agneau par rapport au loup sur un dessin.

La progression du récit
3. a. Citez les vers qui présentent la situation initiale. À quel temps est le verbe ? Quelle est la valeur de ce temps ?
b. Quel est l'élément modificateur ?
c. Quelles actions s'enchaînent ?
d. Quel est le dénouement ? Que signifie l'expression « sans autre forme de procès » (v. 29) ?

J.-J. Granville (1803-1849), gravure.

Les personnages

4. a. Citez les expressions qui caractérisent le loup. Quels traits de sa personnalité sont mis en valeur ? La fin de la fable confirme-t-elle ces traits ?

b. Quel est l'âge probable de l'agneau ? Relevez le vers qui l'indique approximativement.

5. a. Les personnages se tutoient-ils ? Se vouvoient-ils ?

b. Par quels mots ou expressions l'agneau désigne-t-il le loup ? Quel pronom personnel utilise-t-il pour s'adresser à lui ? Quel est l'effet produit par l'emploi de ces termes ?

6. Qui engage le dialogue ? Qui parle le plus ? Qui parle en dernier ?

7. a. Relevez dans un tableau à deux colonnes les arguments du loup et ceux de l'agneau.

b. Qui, du loup ou de l'agneau, est de mauvaise foi ? Qui dit la vérité ? Justifiez votre réponse.

La morale

8. a. Où la morale se situe-t-elle dans la fable ?

b. Quel est le sens du mot « meilleure » (v. 1) ? Quelle est la valeur du présent dans ce même vers ?

c. Cette morale donne-t-elle une leçon de sagesse ?

Débattre

9. Qui choisiriez-vous de défendre : le loup ou l'agneau ? Échangez vos arguments.

Rechercher

10. Préparez un dossier illustré sur le loup. Présentez-le à la classe.

11. Lisez *Le Loup et le Chien* (La Fontaine), *Le Petit Chaperon rouge* (Perrault), *La Chèvre de Monsieur Seguin* (A. Daudet), les *Contes du Chat perché* (Marcel Aymé). Quelles images sont données du loup ?

Le Rat de ville et le Rat des champs

Autrefois le Rat de ville
Invita le Rat des champs,
D'une façon fort civile,
À des reliefs d'Ortolans[1].

5 Sur un Tapis de Turquie
Le couvert se trouva mis.
Je laisse à penser la vie[2]
Que firent ces deux amis.

Le régal[3] fut fort honnête,
10 Rien ne manquait au festin ;
Mais quelqu'un troubla la fête
Pendant qu'ils étaient en train.

J.-J. Granville (1803-1849), gravure.

1. À manger les restes d'un plat d'ortolans, petits oiseaux à la chair délicate et recherchée.
2. La fête.   3. Le festin.

À la porte de la salle
Ils entendirent du bruit :
15   Le Rat de ville détale ;
Son camarade le suit.
Le bruit cesse, on se retire :
Rats en campagne aussitôt ;
Et le citadin de dire :
20   « Achevons tout notre rôt.[4]

   – C'est assez, dit le rustique[5] ;
Demain vous viendrez chez moi :
Ce n'est pas que je me pique[6]
De tous vos festins de Roi ;

25   Mais rien ne vient m'interrompre :
Je mange tout à loisir.
Adieu donc ; fi du plaisir
Que la crainte peut corrompre[7]. »

Jean DE LA FONTAINE (1621-1695),
Fables, Livre I, 9.

Repérer et comprendre

Les personnages
1. Qui sont les personnages ? Relevez les termes qui les désignent. Quelles sont leurs relations ?

Le cadre
2. Relevez les indications de temps et de lieu. Dans quel lieu peut se dérouler l'action ? Quelle époque est suggérée ?

La progression du récit
3. a. De combien de strophes cette fable est-elle composée ? Quelle est la situation présentée dans les deux premiers quatrains ?

---

4. Rôti.   **5.** Le campagnard.   **6.** Vexe.   **7.** Gâcher.

b. Quel mot, dans le troisième quatrain, annonce une complication ? Quel événement survient ?

c. Quel personnage prend la fuite en premier ? Pourquoi à votre avis ?

d. Quel est le dénouement ?

Le mode de narration

4. a. Quel est le mètre utilisé ? Les mètres sont-ils réguliers ?

b. Quelle est la disposition des rimes ?

5. a. Relevez les vers qui présentent la narration et ceux qui présentent un dialogue.

b. Dans le dialogue, qui parle à chaque fois ?

6. *Le narrateur.*

> Dans une fable, *le narrateur fabuliste* manifeste souvent sa présence par des commentaires.

Dans quel vers le fabuliste intervient-il ? Quel pronom le désigne ?

7. Que signifie l'expression « en campagne » (v. 18) ? Cette expression appartient au registre militaire : quel est l'effet produit par son emploi ?

8. *L'infinitif de narration.*

> Dans une fable, *l'infinitif* peut s'employer avec un sujet à la place de l'indicatif pour présenter avec vivacité une action qui s'enchaîne à une autre.

Relevez un infinitif de narration et récrivez la phrase en le remplaçant par un verbe conjugué.

La visée

9. Qui exprime la morale de la fable ? Citez-la et reformulez-la avec vos propres mots. Aidez-vous du dictionnaire pour en comprendre exactement les termes.

É c r i r e

10. Racontez en vers ou en prose la suite de cette fable : le Rat de ville se rend chez le Rat des champs. Vous insérerez un ou deux infinitifs de narration.

11. Préférez-vous habiter à la ville ou à la campagne ? Donnez au moins deux arguments convaincants.

D é b a t t r e

12. Est-il plus dangereux de vivre à la ville ou à la campagne ? Échangez vos arguments dans un débat organisé.

LE LION ET LE RAT
LA COLOMBE ET LA FOURMI

Il faut, autant qu'on peut, obliger[1] tout le monde :
On a souvent besoin d'un plus petit que soi.
De cette vérité deux Fables feront foi,
    Tant la chose en preuves abonde.

5   Entre les pattes d'un Lion
Un Rat sortit de terre assez à l'étourdie.
Le Roi des animaux, en cette occasion,
Montra ce qu'il était, et lui donna la vie.
    Ce bienfait ne fut pas perdu.
10   Quelqu'un aurait-il jamais cru
    Qu'un Lion d'un Rat eût affaire ?
Cependant il advint qu'au sortir des forêts
    Ce Lion fut pris dans des rets
Dont ses rugissements ne le purent défaire[2].
15 Sire Rat accourut, et fit tant par ses dents
Qu'une maille rongée emporta tout l'ouvrage.
    Patience et longueur de temps
    Font plus que force ni que rage.

L'autre exemple est tiré d'animaux plus petits.
20 Le long d'un clair ruisseau buvait une Colombe,
Quand sur l'eau se penchant une Fourmi y tombe ;
Et dans cet Océan l'on eût vu la Fourmi
S'efforcer, mais en vain, de regagner la rive.
La Colombe aussitôt usa de charité :
25 Un brin d'herbe dans l'eau par elle étant jeté,
Ce fut un promontoire où la Fourmi arrive.
    Elle se sauve ; et là-dessus
Passe un certain Croquant[3] qui marchait les pieds nus.

---

1. Aider, secourir.   **2.** Délivrer.   **3.** Paysan.

Ce Croquant par hasard avait une arbalète.

30   Dès qu'il voit l'Oiseau de Vénus,

Il le croit en son pot[4], et déjà lui fait fête.

Tandis qu'à le tuer mon Villageois s'apprête,

    La Fourmi le pique au talon.

    Le Vilain[5] retourne la tête.

35 La Colombe l'entend, part, et tire de long[6].

Le soupé du Croquant avec elle s'envole :

    Point de Pigeon pour une obole[7].

Jean DE LA FONTAINE (1621-1695), *Fables*, Livre II, 11, 12.

---

4. Dans sa marmite.   **5.** Le paysan.   **6.** S'enfuit.   **7.** Action charitable.

Le Lion et le Rat

1. En quoi le lion et le rat sont-ils totalement opposés ? Appuyez-vous sur la périphrase qui désigne le lion (v. 7).

2. Qui est dans une situation de détresse au début de la fable ? De quelle qualité le lion fait-il preuve ?

3. Quelle expression relance l'action ? Qu'arrive-t-il au lion ? Pour répondre, cherchez la définition du mot « rets » (v. 13).

4. En quoi y a-t-il retournement de situation ?

5. Relevez la morale de cette fable. Vous semble-t-elle convenir au récit ?

La Colombe et la Fourmi

6. a. Combien y a-t-il de personnages dans la deuxième fable ? Quels sont-ils ? N'y a-t-il que des animaux ?

b. Relevez les mots et expressions qui les désignent. N'oubliez pas la périphrase (v. 30).

7. Dans quel cadre se situe la scène ? Pourquoi le ruisseau est-il appelé Océan (v. 22) ?

8. a. Qui est en situation de détresse au début de la fable ? Qui l'est à la fin ?

b. Qui sauve l'autre au début ? à la fin ?

9. Quelle est la morale commune aux deux fables ? Fait-elle partie du récit ou s'en détache-t-elle ?

10. Cette morale vous semble-t-elle convenir aux deux fables ?

Comparer

11. a. Observez la mise en espace de chaque fable. Est-elle la même ?

b. Quels sont les mètres dominants utilisés dans l'une et l'autre fable ? Quel est l'effet produit par les mètres plus courts ?

12. Quels points communs y a-t-il entre les deux fables ? Observez notamment la progression du récit.

Écrire

13. Imaginez un récit qui se termine par la morale suivante : « On a souvent besoin d'un plus petit que soi. »

LA LIONNE ET LA MOUCHE

Une mouche en vagabondage
    pique ici pique là
agaçait d'un dard innocent
le museau douillet d'une lionne
5   tant et tant qu'elle éternua
si bien que la mouche importune
fut projetée sur un lézard
    pique ici pique là
      qui la goba.

Pierre BÉARN (né en 1902),
La Nouvelle Guirlande de Julie,
Éditions Ouvrières.

Repérer et comprendre

1. a. En quoi ce poème ressemble-t-il à une fable ?
b. Quelle pourrait en être la morale ?
2. a. Quel vers est répété comme un refrain ? À quelle comptine enfantine (« Am-stram-gram... », par exemple) ce refrain vous fait-il penser ?
b. Relevez des sonorités qui se répètent.
c. Quel est l'effet produit par l'ensemble ?

Écrire

3. Rédigez en vers la morale de cette histoire. Vous pouvez, si vous le souhaitez, proposer une morale fantaisiste.

Le Héron

Un jour, sur ses longs pieds, allait je ne sais où,
Le Héron au long bec emmanché d'un long cou.
      Il côtoyait une rivière.
L'onde[1] était transparente ainsi qu'aux plus beaux jours ;
5 Ma commère la carpe y faisait mille tours
      Avec le brochet son compère.
Le Héron en eût fait aisément son profit :
Tous approchaient du bord, l'oiseau n'avait qu'à prendre ;
      Mais il crut mieux faire d'attendre
10   Qu'il eût un peu plus d'appétit.
Il vivait de régime, et mangeait à ses heures.
Après quelques moments l'appétit vint : l'Oiseau
      S'approchant du bord vit sur l'eau
Des Tanches qui sortaient du fond de ces demeures.
15 Le mets[2] ne lui plut pas ; il s'attendait à mieux
      Et montrait un goût dédaigneux
      Comme le rat du bon Horace[3].
« Moi des Tanches ? dit-il, moi Héron que je fasse
Une si pauvre Chère ? Et pour qui me prend-on ? »
20 La Tanche rebutée[4] il trouva du goujon.
« Du goujon ! c'est bien là le dîner d'un Héron !
J'ouvrirais pour si peu le bec ! aux Dieux ne plaise ! »
Il l'ouvrit pour bien moins : tout alla de façon
      Qu'il ne vit plus aucun poisson.
25 La faim le prit, il fut tout heureux et tout aise
      De rencontrer un limaçon.
      Ne soyons pas si difficiles :
Les plus accommodants, ce sont les plus habiles :
On hasarde de perdre en voulant trop gagner.
30   Gardez-vous de rien dédaigner ;
Surtout quand vous avez à peu près votre compte.

Jean DE LA FONTAINE (1621-1695), *Fables*, Livre VII, 4.

Repérer et comprendre

La progression du récit
1. a. Quelle est la situation initiale? À quel temps sont les verbes? Citez les poissons que le héron voit apparaître.

b. Citez le vers qui présente l'élément modificateur. Quel est le temps du verbe?

c. Quelles actions s'enchaînent? Pour répondre, dites quels nouveaux poissons apparaissent. Que constatez-vous quant à la taille et au prestige des poissons successivement évoqués depuis le début de la fable?

d. Quel est le dénouement?

Le mode de narration
2. Dans quel cadre l'action se déroule-t-elle? Relevez des indices pertinents.

3. a. Relevez les expressions qui caractérisent le héron. Quel adjectif répété trois fois dans les premiers vers décrit le mieux l'oiseau?

b. En quoi son physique est-il en rapport avec son caractère?

4. Quels sont les vers qui rapportent directement les paroles du héron? À qui s'adresse-t-il? Que signifie l'expression « pauvre Chère » (v. 19)?

La morale
5. a. Où la morale est-elle située dans le récit? À qui s'adresse-t-elle?

b. Quel rapport y a-t-il entre cette morale et l'histoire du héron?

c. Cette morale est-elle une leçon de sagesse? Justifiez votre réponse.

Écrire

6. Imaginez un récit en prose ou en vers qui se termine par la morale suivante : « Ne soyons pas si difficiles, on hasarde de perdre en voulant trop gagner. »

---

1. L'eau.   **2.** Le plat.   **3.** Poète et moraliste latin (Ier siècle av. J.-C.).   **4.** Refusée, repoussée.

LE PETIT CHAT BLANC

Un petit chat blanc
qui faisait semblant
d'avoir mal aux dents
disait en miaulant :

5 « Souris mon amie
j'ai bien du souci
le docteur m'a dit :
tu seras guéri

si entre tes dents
10 tu mets un moment
délicatement
la queue d'un' souris. »

Très obligeamment
souris bonne enfant
15 s'approcha du chat
qui se la mangea.

MORALITÉ

Les bons sentiments
ont l'inconvénient
20 d'amener souvent
de graves ennuis
aux petits enfants
comme-z-aux souris.

Claude ROY (1915-1997),
Enfantasques, Gallimard.

Repérer et comprendre

1. En quoi ce poème se présente-t-il comme une fable ?
2. En quoi la morale a-t-elle un fond de vérité sous son aspect amusant ?

FABLE

Le zébubus
Transportait
Noirs et Blancs
Indifféremment
5   Il croisa
Un crocomobile
Qui en faisait
Tout autant
et l'éléphanfare
10 Se mit à chanter
Que le monde
Était bien fait
Maintenant

Joël SADELER (né en 1938),
Mon Premier Livre de poèmes pour rire,
Éditions Ouvrières.

Repérer et comprendre

1. Quelles remarques faites-vous sur les mètres utilisés ? les rimes ?

2. *Les mots-valises.*

> *Les mots-valises* ont été inventés par l'Anglais Lewis Caroll, auteur d'*Alice au Pays des Merveilles.* Ils résultent de la fusion de deux mots autour de syllabes ou de sons identiques.
>
> Ex. : « enfantimage » est la fusion de *enfantillage* et *image.*

Relevez les mots-valises : quels mots y reconnaissez-vous ?

3. a. Quel sens donnez-vous au titre ? Aidez-vous du dictionnaire.

b. Quel est l'effet produit par ce poème ?

Écrire

4. Écrivez un court poème à partir de deux ou trois mots-valises que vous créerez.

LE ZÈBRE

Le zèbre, cheval des ténèbres,
Lève le pied, ferme les yeux
Et fait résonner ses vertèbres
En hennissant d'un air joyeux.

5   Au clair soleil de Barbarie[1],
Il sort alors de l'écurie
Et va brouter dans la prairie
Les herbes de sorcellerie.

Mais la prison, sur son pelage,
10   A laissé l'ombre du grillage.

Robert DESNOS (1900-1945),
Chantefables et Chantefleurs, Gründ.

R e p é r e r   e t   c o m p r e n d r e

1. a. En quoi l'écurie et la prairie s'opposent-elles ?
b. Quelle est l'humeur du zèbre (appuyez-vous sur le lexique pour répondre) ? Quelle est la raison de cette humeur ?
2. Quelle explication est donnée du pelage du zèbre ? Qu'en pensez-vous ?

1. Ancien nom d'une partie de l'Afrique du Nord.

Le Cinquième Jour

Du haut d'un nuage,
les mains rouges d'argile,
Dieu contemplait les animaux :

« Je suis mécontent du zèbre,
5   dit-il à saint Rémi
qui tenait la liste,
il ressemble trop au cheval.
Rayez-le ! »

Pierre FERRAN (1930-1989),
Bestiaire fabuleux, Magnard.

Repérer et comprendre

1. Pourquoi Dieu a-t-il les mains rouges (v. 2) ? À quoi lui a donc servi l'argile ?

2. Quel sens donnez-vous au titre ? Pour répondre, souvenez-vous que, selon la tradition chrétienne, la Création du monde a duré sept jours.

3. Cherchez le sens de l'expression « rayer de la liste », puis expliquez le jeu de mots sur lequel repose le poème.

Écrire

4. Écrivez un court texte, en vers ou en prose, qui expliquera une particularité physique d'un animal (les longues oreilles du lapin, la trompe de l'éléphant, les pattes palmées du canard, le saut du kangourou…).

LA GIRAFE

La girafe et la girouette,
Vent du sud et vent de l'est,
Tendent leur cou vers l'alouette,
Vent du nord et vent de l'ouest.

5   Toutes deux vivent près du ciel,
Vent du sud et vent de l'est,
À la hauteur des hirondelles,
Vent du nord et vent de l'ouest.

Et l'hirondelle pirouette,
10 Vent du sud et vent de l'est,
En été sur les girouettes,
Vent du nord et vent de l'ouest.

L'hirondelle fait des paraphes,
Vent du sud et vent de l'est,
15 Tout l'hiver autour des girafes,
Vent du nord et vent de l'ouest.

Robert DESNOS (1900-1945),
Chantefables et Chantefleurs, Gründ.

Repérer et comprendre

1. a. Qu'est-ce qu'une girouette ?
b. Quelles sonorités le mot « girafe » et le mot « girouette » ont-ils en commun ? Quels sont leurs autres traits communs ? Citez le texte.
2. a. Quels vers sont répétés dans le poème ? Quels mouvements de la girouette sont ainsi suggérés ?
b. Récrivez le poème en supprimant les vers répétés. Par quel mot le poème commence-t-il ? Par quel mot se termine-t-il alors ? En quoi cette construction en cercle peut-elle aussi évoquer la girouette ?
c. Qu'est-ce qu'un « paraphe » (v. 13) ? Analysez la métaphore. En quoi évoque-t-elle un mouvement ?

René Magritte (1898-1967), « Le Bain de cristal », 1946, gouache.

GIRAFE

– Quand je serai grand, je serai girafe
Pour être bien vu par les géographes.

– Pas éléphant blanc, c'est trop salissant,
Ni serpent python, ni caméléon.

5　– La girafe est belle, elle est une échelle
Entre sol et ciel, l'herbe et le soleil!

– Mammouth, c'est trop tard, et marsouin trop loin,
Le chameau a soif, le saurien a faim.

– Tandis que girafe, on a de ces pattes!
10　Un cou bien plus haut que le télégraphe!

– Le kangourou boxe, il reçoit des coups,
Il a une poche, mais jamais de sous.

– Non, décidément, quand je serai grand,
Je serai girafe et vivrai cent ans.

15　Alors sa maman lui dit tendrement:
– C'est trop d'ambition, mon petit gardon!

Marc ALYN (né en 1937),
L'Arche enchantée, Éditions Ouvrières.

Repérer et comprendre

1. Relevez le seul vers narratif. De quoi est constitué le reste du poème?
2. a. Qui sont les deux interlocuteurs? Quel lien les unit? À quel vers ce lien est-il précisé?
b. Quel est le niveau de langage utilisé?
3. En quoi ce poème ressemble-t-il à une argumentation? De quoi le locuteur veut-il convaincre son interlocuteur? Comment s'y prend-il (appuyez-vous sur le texte pour répondre)? A-t-il réussi?
4. En quoi ce poème est-il fantaisiste?

LE LION CAPTIF

Le lion du désert, dans sa cage, est pensif,
À quoi songe un lion captif ?
Serait-ce au dompteur qui le garde ?
À la foule bête et hagarde
5   Qui le regarde ?
À ses bourreaux ?
À sa captivité sans terme ?
Non, il se dit, en voyant les barreaux :
« L'homme est méchant, puisqu'on l'enferme. »

MAXIME-LÉRY (1888-1968), *Fables*,
Firmin-Didot, DR.

Repérer et comprendre

1. a. Relevez les mots appartenant au même champ lexical que le nom « cage » (v. 1). De quel champ lexical s'agit-il ?
b. À quel mot du premier vers ces mots s'opposent-ils ? Qu'en déduisez-vous sur l'état intérieur du lion, ses sentiments ?
2. Quel est le type de phrase dominant dans ce poème ? Quel est l'effet produit ?
3. Relevez les adjectifs qui caractérisent la foule et l'homme. Sont-ils mélioratifs ou péjoratifs ?
4. Quel sens donnez-vous au dernier vers ? Quel est l'effet produit ?
5. Pour qui, selon vous, le poète prend-il parti ?
6. De quelle œuvre ce poème est-il extrait ? En quoi ce poème peut-il appartenir au genre fable ? Justifiez votre réponse.

Zoo

À la tombée de la nuit
Quand se sont refermées les grilles
L'éléphant rêve à son grand troupeau
Le rhinocéros à ses troncs d'arbres
5 L'hippopotame à des lacs clairs
La girafe à des frondaisons de fougères
Le dromadaire à des oasis tintants
Le bison à un océan d'herbes
Le lion à des craquements dans les feuilles
10 Le tigre de Sibérie à des traces dans la neige
L'ours polaire à des cascades poissonneuses
La panthère à des pelages passant dans des rayons de lune
Le gorille à des bananiers croulant de leurs fleurs violettes
L'aigle à des coups de vent dans des canyons de nuages
15 Le phoque aux archipels mouvants de la banquise disloquée
Les enfants des gardiens à la plage

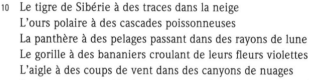

Michel BUTOR (né en 1926), *Chantier*,
Dominique Bedou éditeur, © Michel Butor.

Repérer et comprendre

1. Relevez tous les noms d'animaux. De quel continent ou de quel pays sont-ils originaires : classez-les selon qu'ils viennent des pays chauds ou des pays froids.

2. Quel verbe est sous-entendu des vers 4 à 16 ? Relisez chaque vers en réintroduisant ce verbe.

3. En quoi le dernier vers est-il surprenant ?

Écrire

4. Continuez le poème à partir du vers 15 en évoquant d'autres animaux (pensez aux animaux domestiques). Votre dernier vers commencera par : « Et moi... »

Puzzle

Syllabe 1 : é,
Syllabe 2 : lé,
Syllabe 3 : phant.

Avec du papier collant,
5   Tu obtiens un éléphant.

Syllabe 3 : phant,
Syllabe 1 : é,
Syllabe 2 : lé.

Si le colleur s'est trompé,
10   Éléphant est faon ailé.

Pierre CORAN (né en 1934),
inédit cité dans *Jaffabules*, Hachette Livre.

Repérer et comprendre

1. Quelles remarques faites-vous sur la mise en espace ?

2. En quoi ce poème fait-il penser à un apprentissage de la lecture ?

3. Sur quel jeu de mots repose le dernier vers ?

Écrire

4. Essayez, à la manière de Pierre Coran, de jouer avec les syllabes d'un mot.

« ÊTRE ANGE... »

Être ange
c'est étrange
dit l'ange
Être âne
5 c'est étrâne
dit l'âne
Cela ne veut rien dire
dit l'ange en haussant les ailes
Pourtant
10 si étrange veut dire quelque chose
étrâne est plus étrange qu'étrange
dit l'âne
Étrange est
dit l'ange en tapant des pieds
15 Étranger vous-même
dit l'âne
Et il s'envole.

Jacques PRÉVERT (1900-1977), *Fatras*, Gallimard.

Repérer et comprendre

1. Quelles remarques faites-vous sur la mise en espace ?

2. Qui sont les deux interlocuteurs ?

3. a. Quel est le mot inventé ?

b. En quoi peut-on dire que le poème repose sur un jeu de sonorités ? Justifiez votre réponse en citant précisément le texte.

c. Quelle expression toute faite a été transformée au vers 8 ?

4. Quel est l'effet produit par le dernier vers ? En quoi est-il fondé sur un renversement de situation ?

Écrire

5. Recopiez le poème en proposant une ponctuation qui distingue les répliques de la narration.

René Magritte (1898-1967), «Vivre», 1967, huile sur toile.

• Comment est représentée la tête du personnage ? À quoi vous fait-elle penser ? En quoi s'oppose-t-elle au reste du corps ? au muret et à la montagne ?
• Quel est le titre du tableau ? À votre avis, quelle idée de la vie traduit ici le peintre ?

Punition

Maman fennec
à son petit :
– Si tu n'es pas sage
tu seras privé
5   de désert...

Pierre FERRAN (1930-1989),
Sans tambour ni trompette,
Le Cherche-Midi Éditeur.

R e p é r e r   e t   c o m p r e n d r e

1. Dans quelle région trouve-t-on des fennecs ?
2. Sur quel jeu de mots le poème est-il fondé ?

LE PETIT CHAT

C'est un petit chat noir effronté comme un page.
Je le laisse jouer sur ma table souvent,
Quelquefois il s'assied sans faire de tapage,
On dirait un joli presse-papier vivant.

5 Rien en lui, pas un poil de son velours ne bouge ;
Longtemps, il reste là, noir sur un feuillet blanc,
À ces minets tirant leur langue de drap rouge,
Qu'on fait pour essuyer les plumes, ressemblant.

Quand il s'amuse, il est extrêmement comique,
10 Pataud et gracieux, tel un ourson drôlet.
Souvent je m'accroupis pour suivre sa mimique
Quand on met devant lui la soucoupe de lait.

Tout d'abord de son nez délicat il le flaire,
Le frôle, puis, à coups de langue très petits,
15 Il le happe ; et dès lors il est à son affaire
Et l'on entend, pendant qu'il boit, un clapotis.

Il boit, bougeant la queue et sans faire une pause,
Et ne relève enfin son joli museau plat
Que lorsqu'il a passé sa langue rêche et rose
20 Partout, bien proprement débarbouillé le plat.

Alors il se pourlèche un moment les moustaches,
Avec l'air étonné d'avoir déjà fini.
Et comme il s'aperçoit qu'il s'est fait quelques taches,
Il se lisse à nouveau, lustre son poil terni.

25 Ses yeux jaunes et bleus sont comme deux agates ;
Il les ferme à demi, parfois, en reniflant,
Se renverse, ayant pris son museau dans ses pattes,
Avec des airs de tigre étendu sur le flanc.

Edmond ROSTAND (1868-1918), *Les Musardises*.

Lettre dessinée par
Georges Lemoine,
1981.

Repérer et comprendre

1. Quelles remarques pouvez-vous faire sur la mise en espace ? Quel est le mètre utilisé ? Quelle est la disposition des rimes ?

2. a. Relevez les adjectifs qui qualifient le chaton. Classez-les selon qu'ils se rapportent au portrait physique ou moral.

b. À qui ou à quoi est-il comparé dans les strophes 1, 2, 3 et 7 ?

c. « Ses yeux [...] sont comme deux agates » (v. 25) : cherchez la définition du mot « agate » et analysez la comparaison.

d. À partir de vos réponses, dites si le portrait du chat est mélioratif ou péjoratif.

3. Relevez les verbes qui expriment les actions du chat. À quelles diverses activités se livre-t-il ?

Écrire

4. Ajoutez une strophe au poème. Vous évoquerez le sommeil, le réveil, une réaction vive ou une bêtise du chaton.

Le Chat

I

Dans ma cervelle se promène,
Ainsi qu'en son appartement,
Un beau chat, fort, doux et charmant.
Quand il miaule, on l'entend à peine,

5   Tant son timbre est tendre et discret ;
Mais que sa voix s'apaise ou gronde,
Elle est toujours riche et profonde.
C'est là son charme et son secret. [...]

II

De sa fourrure blonde et brune
10 Sort un parfum si doux, qu'un soir
J'en fus embaumé, pour l'avoir
Caressée une fois, rien qu'une.

C'est l'esprit familier du lieu ;
Il juge, il préside, il inspire
15 Toutes choses dans son empire ;
Peut-être est-il fée, est-il dieu ?

Quand mes yeux, vers ce chat que j'aime
Tirés comme par un aimant,
Se retournent docilement
20 Et que je regarde en moi-même,

Je vois avec étonnement
Le feu de ses prunelles pâles,
Clairs fanaux, vivantes opales,
Qui me contemplent fixement.

Charles BAUDELAIRE (1821-1867), *Les Fleurs du mal*.

La mise en espace

1. a. Quel est le mètre utilisé ?

b. Combien y a-t-il de vers par strophe ?

La description

2. a. Relevez les mots et expressions qui caractérisent le chat.

b. Relevez le lexique des sensations (sons, couleurs, odeurs…). Quelles sont les sensations auditives, visuelles, tactiles, olfactives que dégage cet animal ?

c. Cette description valorise-t-elle ou non le chat ? Justifiez votre réponse et citez le texte.

Le chat et le poète

3. Quels pronoms désignent le poète ?

4. a. Montrez, en citant précisément le texte, que le poète est fasciné par le chat.

b. Quel rapport semble-t-il exister entre le poète et le chat ? Appuyez-vous sur les deux dernières strophes pour répondre.

Écrire

5. Décrivez un animal que vous aimez ou que vous trouvez beau. Vous utiliserez autant que possible le lexique des sensations.

TROISIÈME PARTIE

Les saisons et les jours

« Déjà les beaux jours, la poussière,
Un ciel d'azur et de lumière... »

Gérard de Nerval

Juan Miro (1893-1983), « La Maison du palmier », 1918, huile sur toile.

FENÊTRES OUVERTES

Le matin. – En dormant

J'entends des voix. Lueurs à travers ma paupière.
Une cloche est en branle[1] à l'église Saint-Pierre.
Cris des baigneurs. Plus près! plus loin! non, par ici!
Non, par là! Les oiseaux gazouillent, Jeanne[2] aussi.
5   Georges[2] l'appelle. Chants des coqs. Une truelle
Racle un toit. Des chevaux passent dans la ruelle.
Grincements d'une faux qui coupe le gazon.
Chocs. Rumeurs. Des couvreurs[3] marchent sur la maison.
Bruits du port. Sifflement des machines chauffées.
10   Musique militaire arrivant par bouffées.
Brouhaha sur le quai. Voix françaises. Merci.
Bonjour. Adieu. Sans doute il est tard, car voici
Que vient tout près de moi chanter mon rouge-gorge.
Vacarme de marteaux lointains dans une forge[4].
15   L'eau clapote. On entend haleter un steamer[5].
Une mouche entre. Souffle immense de la mer.

Victor HUGO (1802-1885), *L'Art d'être grand-père.*

Repérer et comprendre

La mise en espace
1. a. Quel est le mètre utilisé?
b. *La césure.*

Dans un vers, *la césure* est une coupe marquée par une pause de la voix.
L'alexandrin est généralement marqué par une césure au milieu du vers,
qui peut cependant être déplacée pour produire un effet.

---

1. Sonne.
2. Petite-fille et petit-fils de Victor Hugo.
3. Ouvriers qui réparent les toitures.
4. Atelier où l'on travaille les métaux.
5. Bateau à vapeur.

Recopiez les quatre premiers vers en marquant les césures. Sont-elles régulières ?

c. Quelle est la disposition des rimes ?

La situation d'énonciation

2. Quel pronom désigne le poète ? Où se tient-il ? Dans quel site est-il ? Justifiez votre réponse.

3. Quel moment de la journée est évoqué au début du poème ? Le temps a-t-il passé entre le début et la fin du poème ? Justifiez votre réponse en citant le texte.

L'expression du bruit

4. *Les champs lexicaux.*

> On apppelle *champ lexical* l'ensemble de mots ou expressions qui se réfèrent à une même notion.

a. Relevez les mots et expressions qui appartiennent au champ lexical du bruit. Vous les regrouperez selon leur classe grammaticale.

b. Les noms sont-ils plutôt au singulier ou plutôt au pluriel ? Quel est l'effet produit ?

5. Relevez les passages où le poète transcrit des bribes de conversation d'inconnus. Entend-il aussi des voix familières ? Lesquelles ?

6. Relevez des répétitions de sonorités.

Écrire

7. Fermez les yeux, comme l'a fait Victor Hugo, et faites l'inventaire de tout ce que vous entendez (bruits de voiture, de radio, conversation, cris, gouttes de pluie…). Reconstituez cette atmosphère sonore en variant vos phrases (phrases verbales, non verbales). Utilisez si possible des répétitions de sonorités et soignez le vers de chute pour clore votre description.

8. Recherchez le plus de mots possibles appartenant au champ lexical des autres sensations (la vue, l'odorat, le toucher, le goût).

Rédigez quelques lignes dans lesquelles vous utiliserez au moins quatre de ces mots se rapportant à l'une de ces sensations.

D'UN VANNEUR DE BLÉ
AUX VENTS

À vous troupe légère,
Qui d'aile passagère
Par le monde volez,
Et d'un sifflant murmure
5 L'ombrageuse verdure[1]
Doucement ébranlez[2],

J'offre ces violettes,
Ces lis et ces fleurettes,
Et ces roses ici,
10 Ces vermeillettes roses,
Tout fraîchement écloses,
Et ces œillets aussi.

De votre douce haleine
Éventez cette plaine,
15 Éventez ce séjour :
Cependant que j'ahane
À mon blé que je vanne
À la chaleur du jour.

Joachim DU BELLAY (1522-1560), *Jeux rustiques*.

R e p é r e r   e t   c o m p r e n d r e

1. Quelles remarques faites-vous sur le nombre de strophes, les mètres utilisés, la disposition des rimes ?

2. a. Qui parle ?

b. Qu'est-ce qu'un vanneur ? Que signifie le verbe « ahaner » (v. 16) ?

---

1. Feuillage qui donne de l'ombre.   2. Faîtes bouger, balancez.

J.-F. Millet (1814-1875), «Un Vanneur», huile sur toile.

3. a. À qui s'adresse le poème ? Pour répondre, appuyez-vous sur le poème et aidez-vous du titre.

b. *La périphrase.*

> *La périphrase* est une figure de style qui consiste à remplacer un terme par une expression de même sens.

À quels indices voit-on que la périphrase de la première strophe désigne les vents ?

c. Montrez en citant le texte que les vents sont personnifiés.

4. Relevez le vocabulaire des sensations. Quelle est la saison évoquée ?

La Dernière Feuille

Dans la forêt chauve et rouillée
Il ne reste plus au rameau
Qu'une pauvre feuille oubliée,
Rien qu'une feuille et qu'un oiseau.

5 Il ne reste plus dans mon âme
Qu'un seul amour pour y chanter,
Mais le vent d'automne qui brame[1]
Ne permet pas de l'écouter ;

L'oiseau s'en va, la feuille tombe,
10 L'amour s'éteint, car c'est l'hiver.
Petit oiseau, viens sur ma tombe
Chanter, quand l'arbre sera vert !

Théophile GAUTIER (1811-1872), *Émaux et Camées*.

Repérer et comprendre

1. a. Qui parle ? Relevez les expressions qui désignent le poète.
b. À qui s'adresse-t-il dans la dernière strophe ? Citez le texte.
2. Quelle saison évoque le poème ? Citez les indices du texte qui justifient votre réponse.
3. Quelle tournure grammaticale marquant une restriction est répétée ? Combien de fois apparaît-elle ? Quel est l'effet produit ?

Lire l'image

4. À l'aide d'un dictionnaire, présentez la vie et l'œuvre d'Arcimboldo.
5. a. Relevez sur le tableau les éléments qui évoquent la fabrication du vin. À quelle époque de l'année fait-on les vendanges ?
b. Citez d'autres fruits et végétaux symbolisant ici l'automne.

---

1. Crier, en parlant d'un cerf.

Giuseppe Arcimboldo (1527-1593), « L'Automne », peinture.

Dessiner

6. À la manière d'Arcimboldo, composez une représentation du printemps à l'aide de photos découpées dans des magazines.

« Hiver, vous n'êtes qu'un vilain... »

Hiver, vous n'êtes qu'un vilain.
Été est plaisant et gentil :
En témoignent Mai et Avril
Qui l'escortent soir et matin.

5 Été revêt champs, bois et fleurs
De son pavillon[1] de verdure
Et de maintes autres couleurs
Par l'ordonnance de Nature.

Mais vous, Hiver, trop êtes plein
10 De neige, vent, pluie et grésil[2] ;
On vous doit bannir en exil[3] !
Sans point flatter, je parle plain[4] :
Hiver, vous n'êtes qu'un vilain.

Charles d'Orléans (1394-1465), *Rondeaux*.

Repérer et comprendre

1. a. Relevez le premier et le dernier vers. À qui s'adresse le poète ?
b. Montrez que l'hiver est personnifié.
2. Relevez dans un tableau à deux colonnes les mots et les expressions qui caractérisent respectivement l'hiver et l'été. En quoi s'opposent-ils ?

Lire l'image

3. Quel élément végétal le peintre a-t-il personnifié pour représenter l'hiver ?
4. Comparez ce tableau avec celui représentant l'automne, p. 79 : en quoi les procédés de composition diffèrent-ils ?

---

1. Drapeau.
2. Grêle fine de printemps.
3. Condamner quelqu'un à quitter son pays.
4. Franchement.

Giuseppe Arcimboldo (1527-1593), « L'Hiver », peinture.

AVRIL

Déjà les beaux jours, – la poussière,
Un ciel d'azur et de lumière,
Les murs enflammés, les longs soirs ; –
Et rien de vert : – à peine encore
5 Un reflet rougeâtre décore
Les grands arbres aux rameaux noirs !

Ce beau temps me pèse et m'ennuie.
– Ce n'est qu'après des jours de pluie
Que doit surgir, en un tableau,
10 Le printemps verdissant et rose,
Comme une nymphe¹ fraîche éclose,
Qui, souriante, sort de l'eau.

Gérard DE NERVAL (1808-1855),
Premier Château, Odelettes.

Repérer et comprendre

1. a. Qui parle ? **b.** Ce poème est-il gai ? triste ? Justifiez votre réponse.

Comparer

2. Comparez la mise en espace des quatre poèmes (pp. 76, 78, 80, 82).
3. Lisez les titres. Lesquels évoquent une saison sans la nommer ?
4. Citez des mots et des expressions qui expriment ou suggèrent des odeurs, des couleurs, des effets de lumière, des sensations tactiles.

Écrire

5. Composez librement un court poème sur votre saison préférée. Vous utiliserez les champs lexicaux des sensations et de la nature.

---

1. Les nymphes sont des déesses de la mythologie grecque habitant la nature, souvent représentées sous les traits de jeunes filles.

« JANVIER POUR DIRE À L'ANNÉE... »

Janvier pour dire à l'année « bonjour ».
Février pour dire à la neige « il faut fondre ».
Mars pour dire à l'oiseau migrateur « reviens ».
Avril pour dire à la fleur « ouvre-toi ».
5 Mai pour dire « ouvriers nos amis ».
Juin pour dire à la mer « emporte-nous très loin ».
Juillet pour dire au soleil « c'est ta saison ».
Août pour dire « l'homme est heureux d'être homme ».
Septembre pour dire au blé « change-toi en or ».
10 Octobre pour dire « camarades, la liberté ».
Novembre pour dire aux arbres « déshabillez-vous ».
Décembre pour dire à l'année « adieu, bonne chance ».
Et douze mois de plus par an,
mon fils,
15 pour te dire que je t'aime.

Alain BOSQUET (1919-1998),
Le cheval applaudit, Éditions Ouvrières.

Repérer et comprendre

1. Quelles remarques faites-vous sur la mise en espace du poème ?
2. a. Qui désigne le pronom « je » (v. 15) ? À qui est adressé le poème ?
b. Qui parle dans les passages entre guillemets ? À qui ? Pour répondre,
relevez les compléments d'objet second.
3. Quels sont les premiers mots de chaque vers ?
Pour quels vers est-ce différent ? Quel est l'effet produit ?
4. Chaque mois est évoqué à partir d'une association d'idées : laquelle ?
Pour répondre, cherchez dans un dictionnaire quand a lieu la fête du
Travail en France et quand a débuté la Révolution russe de 1917.

Écrire

5. Composez un poème sur ce modèle : « Janvier pour dire (ou pour te
dire)... ». Vous pouvez remplacer les mois par les jours de la semaine.

La Mer

Juste au milieu du jour,
La mer est toute ronde
Comme une belle montre
Que le soleil remonte.

5   Mais, le soir, elle est plate
À vous déconcerter,
Et le soleil fâché
En devient écarlate.

La nuit, c'est encor pis.
10   On n'en voit qu'une aiguille
Lorsque la lune brille
Sur son verre terni.

N'empêche qu'elle chante
De jour comme de nuit,
15   Qu'elle est bien moins méchante
Qu'on ne me l'avait dit

Et qu'au grand vent du nord,
Elle berce les heures
Comme des barques d'or
20   Dans la main du Seigneur[1].

Maurice CARÊME (1899-1978), *L'Arlequin*,
© Fondation Maurice Carême.

---

1. De Dieu.

Georges Redon (1869-1943), « La Coquille », 1912, pastel.

Repérer et comprendre

1. Quelles remarques faites-vous sur le nombre de strophes, les mètres utilisés, la disposition des rimes ? Tous les vers riment-ils ?

2. a. Pourquoi la mer est-elle comparée à une montre ? Qu'a-t-elle en commun avec cet objet ? Pour répondre, expliquez les images développées dans les strophes 1, 2, 3 et 5.

b. Relevez dans le poème les mots qui se réfèrent précisément à l'objet montre.

3. a. À quels différents moments de la journée la mer est-elle évoquée ?

b. Quelles sont les qualités de la mer évoquées dans les deux dernières strophes ? Justifiez votre réponse.

LA MER SECRÈTE

Quand nul ne la regarde,
La mer n'est plus la mer,
Elle est ce que nous sommes
Lorsque nul ne nous voit.
5   Elle a d'autres poissons,
D'autres vagues aussi.
C'est la mer pour la mer
Et pour ceux qui en rêvent
Comme je fais ici.

Jules SUPERVIELLE (1884-1960),
La Fable du monde, Gallimard.

Repérer et comprendre

1. Lisez à haute voix les vers 2 et 7. Quel est l'effet produit par la répétition ?

2. a. Comment comprenez-vous la phrase : « Elle a d'autres poissons / D'autres vagues aussi » (v. 5-6) ?

b. Pourquoi la mer est-elle différente quand « nul ne la regarde » (v. 1) ? En quoi est-elle alors semblable à l'homme ?

3. Le secret de la mer peut-il être percé ? Justifiez votre réponse.

Écrire

4. À la manière de Jules Supervielle, écrivez à votre tour quelques vers sur un autre élément naturel.

Ex. : « Quand nul ne la regarde,
    La montagne n'est plus la montagne... »

Vous commencerez votre travail par une recherche de champs lexicaux.

5. Écrivez un court poème que vous adresserez à la mer. Vous lui direz les sentiments qu'elle vous inspire.

BESTIAIRE
DU COQUILLAGE

Si tu trouves sur la plage
un très joli coquillage
compose le numéro
OCÉAN 0.0.

5 Et l'oreille à l'appareil
la mer te racontera
dans sa langue des merveilles
que papa te traduira.

Claude ROY (1915-1997),
Enfantasques, Gallimard.

Repérer et comprendre

1. Quels sont les mètres utilisés ? Les vers riment-ils ? Quelle répétitions de sonorités remarquez-vous au vers 5 ?

2. À qui peut s'adresser ce poème ?

3. a. « L'oreille à l'appareil » (v. 5) : à quoi peut faire penser un coquillage ? Pourquoi ?

b. Quels interlocuteurs met-il en ligne ?

4. Montrez que la mer est personnifiée, en citant le texte.

Écrire

5. Le coquillage chante pour vous les merveilles du monde marin. Faites-en part en un paragraphe ou en un court poème.

PAYSAGE

À Rita, Concha,
Pepe et Carmencica.

Par mégarde le soir
s'est habillé de froid.

Derrière les carreaux
brouillés, tous les enfants
5   voient un bel arbre jaune
se changer en oiseaux.

Le soir s'est allongé
le long de la rivière.
Et sur les toits frissonne
10 une rougeur de pomme.

Federico GARCIA LORCA (1899-1936),
Poésies 1921-1927,
trad. André Belamich, Gallimard.

Repérer et comprendre

1. a. Quelles remarques faites-vous sur le nombre et la longueur des strophes ?

b. Observez les rimes. Lesquelles sont fondées sur des assonances (c'est-à-dire des sonorités de voyelles communes) ?

2. Qui peuvent être Rita, Concha, Pepe et Carmencica ?

3. Pourquoi pouvez-vous dire que le soir est personnifié ?

4. a. Que signifie l'expression « s'est habillé de froid » (v. 2) ? Quel mot dans la troisième strophe appartient au champ lexical du froid ?

b. Relevez le vocabulaire des couleurs. Quel fruit est cité ?

c. Quelle saison vous paraît évoquée ? Appuyez-vous sur vos réponses précédentes.

QUATRIÈME PARTIE

Au fil de la vie

*« Quand la vie c'est la mer
chaque jour est une vague… »*

Jacques Prévert

Vietnam, Da Nang, photographie de Raymond Depardon.

« QUAND LA VIE
EST UN COLLIER... »

Quand la vie est un collier
chaque jour est une perle
Quand la vie est une cage
chaque jour est une larme
5   Quand la vie est une forêt
chaque jour est un arbre
Quand la vie est un arbre
chaque jour est une branche
Quand la vie est une branche
10   chaque jour est une feuille

Quand la vie c'est la mer
chaque jour est une vague
chaque vague est une plainte
une chanson un frisson [...]

Jacques PRÉVERT (1900-1977), *Fatras*, Gallimard.

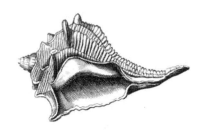

Repérer et comprendre

La mise en espace

1. Quelles remarques faites-vous sur la mise en espace ? Les vers sont-ils réguliers ?

La progression du poème

2. Relevez les premiers mots de chaque vers : sur quelle figure de style ce poème est-il construit ? Quel effet de rythme est ainsi produit ?

3. *La progression linéaire.*

On dit qu'il y a *progression linéaire* (de fil en aiguille) quand le dernier mot (ou expression) d'une phrase devient le premier mot de la phrase suivante.

Retrouvez les vers qui s'enchaînent selon une progression linéaire. Quel est l'effet produit ?

Écrire

4. Récrivez le poème en remplaçant « quand » par « si ». Vous modifierez le mode et le temps des verbes en conséquence.

5. *Le portrait chinois.*

Le portrait chinois consiste à faire deviner un mot désignant un être ou une chose, en l'assimilant à d'autres êtres ou choses qui pourraient lui ressembler.

Ex. : Si c'était un animal, ce serait une girafe.

Si c'était un objet, ce serait une bouteille.

Qu'est-ce que c'est ? La Tour Eiffel.

Composez le portrait chinois d'une personne, d'un fruit, d'un animal, etc., en reprenant au moins quatre fois la structure :

« Quand...

Chaque... »

Vous introduirez une progression linéaire.

Dire

6. Apprenez par cœur ce poème et récitez-le à la classe. Vous pouvez choisir d'apprendre un autre poème de Prévert extrait du recueil *Paroles*.

DU JOUR AU LENDEMAIN

Un coq m'a dit
c'est l'aurore
Un mouton m'a dit
c'est enfin le matin
5 Un éléphant m'a dit
il est bientôt midi
Les pintades m'ont dit
il faut travailler travailler
Les hirondelles m'ont annoncé
10 c'est le soir puis la nuit
et mon enfant m'a dit
Bonsoir et bonne nuit
Il est temps de dormir

Philippe SOUPAULT (1897-1990),
La Nouvelle Guirlande de Julie,
Éditions Ouvrières.

Repérer et comprendre

1. Quelles remarques faites-vous sur la mise en espace ? Les vers sont-ils réguliers ? Y a-t-il des rimes ?

2. a. Combien de fois le verbe « dire » est-il répété ? À quel jeu d'enfants cela fait-il penser ?

b. Qui parle ? À qui ? En quoi s'agit-il d'un dialogue de fantaisie ? Quel est l'effet produit ?

3. Relevez les indications temporelles. Combien de temps s'écoule entre le début et la fin du poème ?

Écrire

4. Inventez un nouveau jeu de « Jacques a dit... » où vous laisserez les animaux, les fleurs, des objets ou des éléments de la nature (pluie, soleil, flocons de neige...) prendre la parole pour décrire la nature. Laissez libre cours à votre fantaisie.

Pleine Lune

J'ai ouvert ma fenêtre
et la lune m'a souri
J'ai fermé la fenêtre
et j'ai entendu un cri
5 J'ai ouvert ma fenêtre
pour voir tomber la pluie
Et comme c'était dimanche
je me suis rendormi

Philippe Soupault (1897-1990),
La Nouvelle Guirlande de Julie,
Éditions Ouvrières.

Repérer et comprendre

1. a. Quelles remarques faites-vous sur la mise en espace ?
b. Les vers riment-ils tous ?
2. Citez les vers et les mots qui sont répétés. En quoi ces répétitions produisent-elles un effet de rythme ?
3. a. Quelle figure de style s'applique à la lune ?
b. Où se tient le poète ? Quels rapports existe-t-il entre la nature et lui ?

Écrire

4. « J'ai ouvert ma fenêtre... Et... » Qu'avez-vous vu ou entendu ?
Écrivez six vers à la manière de Philippe Soupault.

C'EST DEMAIN DIMANCHE

Il faut apprendre à sourire
même quand le temps est gris
Pourquoi pleurer aujourd'hui
quand le soleil brille
5   C'est demain la fête des amis
des grenouilles et des oiseaux
des champignons des escargots
n'oublions pas les insectes
les mouches et les coccinelles
10   Et tout à l'heure à midi
j'attendrai l'arc-en-ciel
violet indigo bleu vert
jaune orange et rouge
et nous jouerons à la marelle

Philippe SOUPAULT (1897-1990),
La Nouvelle Guirlande de Julie,
Éditions Ouvrières.

Repérer et comprendre

1. Quelles remarques faites-vous sur la mise en espace ? Le poème
est-il composé de vers libres ou de mètres réguliers ?
2. Qui parle ? À quel moment de la journée ? Justifiez votre réponse en
citant des indices précis du texte. À qui ce poème peut-il s'adresser ?
3. a. Quels mots s'opposent dans les quatre premiers vers ? **b.** Relevez
les accumulations de noms et d'adjectifs. Quel est l'effet produit ?
4. Quelle leçon de vie ce poème donne-t-il ?

Écrire

5. Écrivez un court poème visant à réconforter une personne qui a du
chagrin. Vous pourrez reprendre les quatre premiers vers de Philippe
Soupault.

Photographie de Pierre Michaud.

Lire l'image

6. À votre avis, cette photographie a-t-elle été prise au cours d'un reportage ou dans un studio ? Pourquoi ?

7. a. Représentez schématiquement la composition de cette photographie à l'aide de figures géométriques (droites, courbes, triangles...) Autour de quel axe de symétrie la composition s'organise-t-elle ?

8. Quel titre pourriez-vous donner à cette photographie ? Expliquez votre choix.

« LORSQUE MA SŒUR ET MOI... »

Lorsque ma sœur et moi, dans les forêts profondes,
Nous avions déchiré nos pieds sur les cailloux,
En nous baisant au front tu nous appelais fous,
Après avoir maudit nos courses vagabondes.

5 Puis, comme un vent d'été confond les fraîches ondes
De deux petits ruisseaux sur un lit calme et doux,
Lorsque tu nous tenais tous deux sur tes genoux,
Tu mêlais en riant nos chevelures blondes.

Et pendant bien longtemps nous restions là blottis,
10 Heureux, et tu disais parfois : Ô chers petits,
Un jour vous serez grands, et moi je serai vieille !

Les jours se sont enfuis, d'un vol mystérieux,
Mais toujours la jeunesse éclatante et vermeille
Fleurit dans ton sourire et brille dans tes yeux.

Théodore DE BANVILLE (1823-1891), *Roses de Noël*.

Repérer et comprendre

La mise en espace

1. a. Combien de tercets et de quatrains ce poème compte-t-il? De quelle forme poétique s'agit-il?

b. Quel est le mètre utilisé? Comment devez-vous prononcer le vers 12 pour le respecter?

La situation d'énonciation

2. a. Qui le pronom «nous» (v. 2, 3) remplace-t-il?

b. Qui est désigné par le pronom «tu» (v. 3, 7, 8, 10)?

c. Recopiez le passage au discours direct. Qui prononce ces paroles?

3. a. Relevez tous les verbes conjugués et indiquez leur temps.

b. Quel est le temps dominant des trois premières strophes? de la dernière strophe?

c. Quelle est leur valeur respective?

Les personnages et leurs relations

4. a. Relevez le champ lexical qui évoque la tendresse et la joie.

b. Expliquez la comparaison des vers 5 et 6.

5. a. Qui est évoqué aux deux derniers vers?

b. Que signifient les adjectifs «éclatante et vermeille» (v. 13)?

c. La jeunesse évoquée est-elle celle de l'âge ou celle du cœur? Justifiez votre réponse.

La progression du poème

6. a. Quelles scènes sont évoquées dans les deux premiers quatrains?

b. En quoi contrastent-elles?

7. Relevez des indices du texte qui montrent que le temps a passé. Expliquez la métaphore du vers 12.

La visée

8. Montrez que ce poème est un hymne à la mère. Appuyez-vous sur vos remarques précédentes pour répondre.

Écrire

9. Vous composerez un poème d'amour à votre mère, en prose ou en vers. Vous pourrez, comme Banville, lui donner la forme du sonnet.

« ELLE AVAIT PRIS CE PLI... »

Elle avait pris ce pli[1] dans son âge enfantin
De venir dans ma chambre un peu chaque matin ;
Je l'attendais ainsi qu'un rayon qu'on espère ;
Elle entrait et disait : « Bonjour, mon petit père » ;
5   Prenait ma plume, ouvrait mes livres, s'asseyait
Sur mon lit, dérangeait mes papiers, et riait,
Puis soudain s'en allait comme un oiseau qui passe.
Alors, je reprenais, la tête un peu moins lasse,
Mon œuvre interrompue, et, tout en écrivant,
10   Parmi mes manuscrits je rencontrais souvent
Quelque arabesque[2] folle et qu'elle avait tracée,
Et mainte[3] page blanche entre ses mains froissée
Où, je ne sais comment, venaient mes plus doux vers.
[...]

Novembre 1846, jour des morts.

Victor HUGO (1802-1885), *Les Contemplations*.

Léopoldine Hugo.
Dessin de Madame Hugo.

---

1. L'habitude.   **2.** Une ligne sinueuse.   **3.** Plusieurs.

Repérer et comprendre

La mise en espace

1. Quelles remarques faites-vous sur le mètre utilisé ? la disposition des rimes ?

Les personnages

2. Quels sont les personnages évoqués ? Quels pronoms les représentent dans le poème ? Quel lien les unit ?

3. **a.** Relevez les mots et expressions qui caractérisent l'enfant. À quels indices voit-on qu'elle est très jeune ?

b. À quoi est-elle successivement comparée ? Quelle image est donnée d'elle ?

Un poème autobiographique

Un auteur écrit son *autobiographie* quand il fait le récit de sa propre vie.

4. **a.** Dans ce poème, Victor Hugo évoque sa fille Léopoldine.
Quel a été le destin de Léopoldine Hugo ? Aidez-vous d'une biographie de Victor Hugo pour répondre.

b. Comment comprenez-vous alors la précision de date donnée à la fin du poème.

5. **a.** Relevez les verbes conjugués. Quel est le temps dominant ? Quelle est la valeur de ce temps ici ?

b. Quelle est la valeur du présent « je ne sais » (v. 13) ?

6. Citez les mots ou expressions qui révèlent que l'auteur est un poète.

Dire

7. Lisez le poème à haute voix. Marquez-vous toujours la césure au milieu du vers ?

Écrire

8. Évoquez, en vers ou en prose, une habitude de votre enfance.

9. Vous est-il arrivé d'espérer fortement la visite ou l'arrivée de quelqu'un (votre grand-mère, une amie d'enfance...) ?
Rédigez un récit : vous n'oublierez pas de caractériser le personnage, de préciser les circonstances de l'attente. Vous préciserez aussi quels ont été vos sentiments.

« JEANNE ÉTAIT AU PAIN SEC... »

Jeanne était au pain sec dans le cabinet noir[1],
Pour un crime quelconque, et, manquant au devoir,
J'allai voir la proscrite[2] en pleine forfaiture,
Et lui glissai dans l'ombre un pot de confiture
5 Contraire aux lois. Tous ceux sur qui, dans ma cité,
Repose le salut de la société,
S'indignèrent, et Jeanne a dit d'une voix douce :
– Je ne toucherai plus mon nez avec mon pouce ;
Je ne me ferai plus griffer par le minet.
10 Mais on s'est récrié : – Cette enfant vous connaît ;
Elle sait à quel point vous êtes faible et lâche.
Elle vous voit toujours rire quand on se fâche.
Pas de gouvernement possible. À chaque instant
L'ordre est troublé par vous ; le pouvoir se détend ;
15 Plus de règle. L'enfant n'a plus rien qui l'arrête.
Vous démolissez tout. – Et j'ai baissé la tête,
Et j'ai dit : – Je n'ai rien à répondre à cela,
J'ai tort. Oui, c'est avec ces indulgences-là
Qu'on a toujours conduit les peuples à leur perte.
20 Qu'on me mette au pain sec. – Vous le méritez, certe,
On vous y mettra. – Jeanne alors, dans son coin noir,
M'a dit tout bas, levant ses yeux si beaux à voir,
Pleins de l'autorité des douces créatures :
– Eh bien, moi, je t'irai porter[3] des confitures.

Victor HUGO (1802-1885), *L'Art d'être grand-père*.

Repérer et comprendre

La mise en espace

1. Quelles remarques faites-vous sur la mise en espace ?

1. Petite pièce sans fenêtre. 2. Personne condamnée à l'exil. 3. J'irai te porter.

Victor Hugo et
ses petits-enfants.
Photographie.

La situation d'énonciation

2. a. Qui désigne le pronom « je » (v. 3) ? Qui est Jeanne ? Quel peut être son âge ? Quel lien de parenté unit les deux personnages ?

b. Qui désignent les pronoms « je » (v. 8), « on » (v. 10), « vous » (v. 21) ?

Le mode de narration

3. a. Pourquoi Jeanne a-t-elle été punie ? Citez le texte.

b. Dans les vers 2 et 3, la faute de Jeanne est appelée « crime », « forfaiture ». Quel est le sens de chacun de ces mots ? Sont-ils proportionnés à la faute qu'elle a commise ? Quel est l'effet produit ?

4. a. En quoi le poète narrateur est-il complice de Jeanne ?

b. Quels sont ceux qui désapprouvent cette complicité ?

c. Quels arguments utilisent-ils ?

d. Relevez, dans les vers 13 à 19, le champ lexical de la politique. Quel est l'effet produit ?

5. Comparez le début et la fin du poème. Quelle évolution y a-t-il eu ?

LES MAISONS

Les vieilles maisons sont toutes voûtées,
elles sont comme des grand-mères
qui se tiennent assises, les mains sur les genoux,
parce qu'elles ont trop travaillé dans leur vie ;
5   mais les neuves sont fraîches et jolies
comme des filles à fichus
qui, ayant dansé, vont se reposer
et qui se sont mis une rose au cou.

Le soleil couchant brille dans les vitres,
10 les fumées montent dévidées
et leurs écheveaux embrouillés
tissent aux branches des noyers
de grandes toiles d'araignées.

Et, pendant la nuit, sur les toits,
15 l'heure du clocher dont les ressorts crient –
et le poids descend –
s'en va vers les champs
et réveille subitement
toutes les maisons endormies.

Charles Ferdinand RAMUZ (1878-1947),
Vers, © Marianne Olivieri-Ramuz.

Repérer et comprendre

La mise en espace
1. Combien ce poème comporte-t-il de strophes ? Laquelle est un sizain,
un huitain, un quintil ? Les vers riment-ils ?

La description
2. S'agit-il d'un cadre campagnard ? urbain ? Justifiez votre réponse.

3. Sur quelle opposition est bâtie la première strophe ? Pour répondre, relevez :
– la conjonction de coordination qui marque l'opposition ;
– les adjectifs qui qualifient les maisons ;
– les deux comparaisons.

4. Les deux dernières strophes évoquent deux moments de la journée. Lesquels ? Citez des indices du texte.

5. a. Relevez les notations visuelles dans la seconde strophe.
b. Expliquez la métaphore qui se prolonge des vers 10 à 13 : dites quelle image est associée aux fumées et relevez les mots (appartenant au même champ lexical) qui développent cette image.

6. Quel est le seul bruit qui vient perturber le silence ? Pourquoi ?

É c r i r e

---

7. Décrivez une maison que vous aimez (ou, si vous le souhaitez, la maison de vos rêves). Vous direz dans quel décor elle est située et vous décrirez plutôt son aspect extérieur.

Victor Hugo (1802-1885), «Le Château de Vianden au clair de lune», dessin à l'encre.

La Salle à manger

À M. Adrien Planté.

Il y a une armoire à peine luisante
qui a entendu les voix de mes grand-tantes,
qui a entendu la voix de mon grand-père,
qui a entendu la voix de mon père.
5 À ces souvenirs l'armoire est fidèle.
On a tort de croire qu'elle ne sait que se taire,
car je cause avec elle.

Il y a aussi un coucou[1] en bois.
Je ne sais pourquoi il n'a plus de voix.
10 Je ne veux pas le lui demander.
Peut-être bien qu'elle est cassée,
la voix qui était dans son ressort,
tout bonnement comme celle des morts.

Il y a aussi un vieux buffet
15 qui sent la cire, la confiture,
la viande, le pain et les poires mûres.
C'est un serviteur fidèle qui sait
qu'il ne doit rien nous voler.

Il est venu chez moi bien des hommes et des femmes
20 qui n'ont pas cru à ces petites âmes.
Et je souris que l'on me pense seul vivant
quand un visiteur me dit en entrant :
– Comment allez-vous, Monsieur Jammes ?

Francis JAMMES (1868-1938), *De l'angélus de l'aube
à l'angélus du soir*, Mercure de France.

---

1. Pendule qui sonne les heures en imitant le chant du coucou.

Repérer et comprendre

La mise en espace
1. Quelles remarques faites-vous sur la mise en espace ? Les mètres sont-ils réguliers ? Y a-t-il des rimes ?

La situation d'énonciation
2. Qui désigne le pronom « je » dans l'ensemble du poème ?

La description
3. a. Quelle figure de style organise la description ? Pour répondre, observez le début des trois premières strophes.
b. Quels sont les objets successivement décrits ? Relevez les mots et expressions qui les caractérisent (adjectifs qualificatifs, noms, propositions subordonnées relatives). Quelle est leur caractéristique essentielle ?
c. Pourquoi peut-on dire que ces objets sont personnifiés ? Citez des indices du texte.
d. Quelles sensations sont attachées à ces objets (auditives, olfactives…) ?

La visée
4. a. Pourquoi le poète s'attache-t-il à décrire ces objets ? Quel pouvoir leur attribue-t-il ?
b. « Et je souris… » (v. 21) : pourquoi le poète sourit-il ?
Pour répondre à ces deux questions, appuyez-vous sur l'ensemble du poème.

Écrire

5. Décrivez un endroit ou un objet que vous aimez (la maison de vos vacances, un grenier, une cabane…). Vous commencerez par « Il y a… / qui… ».

DÉMÉNAGER

Quitter un appartement. Vider les lieux. Décamper. Faire place nette. Débarrasser le plancher.

Inventorier ranger classer trier

Éliminer jeter fourguer

5　　Casser

Brûler

Descendre desceller déclouer décoller dévisser décrocher

Débrancher détacher couper tirer démonter plier couper

Rouler

10　　Empaqueter emballer sangler nouer empiler rassembler entasser ficeler envelopper protéger recouvrir entourer serrer

Enlever porter soulever

Balayer

Fermer

15　　Partir

Georges PEREC (1936-1982),
Espèces d'espaces, Galilée.

Repérer et comprendre

La mise en espace

1. Le poème se présente-t-il comme un poème classique ? Justifiez votre réponse.

La progression du poème

2. a. Combien y a-t-il de verbes ? Quel est leur mode et leur temps ?

b. Regroupez les synonymes.

c. Regroupez les verbes selon leur préfixe (*re/r* ou *de/d*). Donnez le sens de ces préfixes.

d. Relevez les jeux de sonorités : mots qui riment, répétitions de sons voyelles (assonances) ou de sons consonnes (allitérations).

e. Quel est l'effet produit par l'ensemble ? Appuyez-vous sur toutes vos réponses.

3. Quel est le rapport entre le poème et le titre ? Les principales étapes d'un déménagement sont-elles évoquées ? Justifiez votre réponse.

Écrire

4. À la manière de Perec (en utilisant une succession de verbes à l'infinitif), présentez une succession d'actions (ce que vous faites quand vous rentrez du collège par exemple, les tâches auxquelles se livre votre mère…).

« Et je pensais aussi ce que pensait Ulysse... »

Et je pensais aussi ce que pensait Ulysse,
Qu'il n'était rien plus doux que voir encore un jour
Fumer sa cheminée, et après long séjour
Se retrouver au sein de sa terre nourrice[1].

5 Je me réjouissais d'être échappé au vice,
Aux Circés d'Italie, aux Sirènes d'amour
Et d'avoir rapporté en France à mon retour
L'honneur que l'on s'acquiert d'un fidèle service.

Las[2] ! mais après l'ennui de si longue saison,
10 Mille soucis mordants je trouve en ma maison,
Qui me rongent le cœur sans espoir d'allégeance[3].

Adieu donques, Dorat[4], je suis encor Romain,
Si l'arc que les neuf Sœurs[5] te mirent en la main
Tu ne me prête[6] ici, pour faire ma vengeance.

Joachim Du Bellay (1522-1560), *Les Regrets*.

Repérer et comprendre

La mise en espace

1. a. Combien de quatrains et de tercets ce poème compte-t-il ? Comment s'appelle cette forme poétique ?

b. Quel mètre est utilisé ? Comment devez-vous prononcer le vers 5 pour le respecter ?

c. Quelle est la disposition des rimes ?

---

1. Natale.
2. Hélas.
3. De soulagement.

4. Professeur de grande réputation, il enseigna le grec à Du Bellay qui l'admirait.
5. Les Muses (dans la mythologie grecque).
6. Prêtes.

La situation d'énonciation

Joachim Du Bellay.

À l'âge de trente et un ans, Du Bellay suit son oncle, diplomate français, en Italie. Amèrement déçu par la société romaine qu'il trouve hypocrite, il vit son séjour comme un exil qui lui inspire le mal du pays. À son retour en France, quatre ans plus tard, d'importants soucis d'argent l'attendent…

2. Quel pronom désigne le poète ?

La progression du poème

3. a. Qui est Ulysse ?

b. Pourquoi le poète se compare-t-il à lui ?

4. Relevez le champ lexical des espoirs et des rêves du poète exilé.

5. a. Le retour en France est-il heureux ou décevant ? Citez précisément le texte.

b. Quel sentiment domine dans le poème ? Mettez-le en rapport avec le titre de l'œuvre.

La visée

6. a. Le poète veut-il se venger ? Justifiez votre réponse.

b. Qui sont les Muses appelées les « neuf Sœurs » (v. 13) ? De quelle arme, au sens figuré, le poète dispose-t-il grâce à elles ?

Rechercher

8. Comment s'appelle l'œuvre où Ulysse apparaît ? Qui en est l'auteur ?

9. Les vers 6 et 13 évoquent des aventures d'Ulysse : Circé, les sirènes, l'arc. Lisez-les et résumez-les.

10. Sans recopier, rédigez une brève biographie de Du Bellay.

Écrire

11. Évoquez avec sensibilité, le pays, la région, la ville ou le quartier de votre enfance. Vous pouvez commencer par :

« Et je pensais aussi ce que pensait Ulysse
Qu'il n'était rien plus doux que… ».

LES VOYAGES

Un train siffle et s'en va, bousculant l'air, les routes,
L'espace, la nuit bleue et l'odeur des chemins ;
Alors, ivre, hagard, il tombera demain
Au cœur d'un beau pays, en sifflant sous les voûtes. [...]

5 Ah ! la claire arrivée, au lever du matin !
Les gares, leur odeur de soleil et d'orange,
Tout ce qui sur les quais s'emmêle et se dérange,
Ce merveilleux effort d'instable et de lointain.

– Voir le bel univers, goûter l'Espagne ocreuse[1],
10 Son tintement, sa rage et sa dévotion,
Voir, riche de lumière et d'adoration,
Byzance, consolée, inerte et bienheureuse.

Voir la Grèce debout au bleu de l'air salin[2],
Le Japon en vernis, et la Perse en faïence[3],
15 L'Égypte au front bandé d'orgueil et de science,
Tunis ronde et flambant d'un blanc de kaolin[4].

Voir la Chine buvant aux belles porcelaines,
L'Inde jaune, accroupie et fumant ses poisons,
La Suède d'argent avec ses deux saisons,
20 Le Maroc en arceaux, sa mosquée et ses laines. [...]

Anna DE NOAILLES (1876-1933),
L'Ombre des jours, Calmann-Lévy.

---

1. De couleur jaune-brun ou rouge.
2. L'air salé de la mer.
3. Poterie en terre vernissée.

4. Argile blanche très fine, utilisée pour la céramique et la porcelaine.

Repérer et comprendre

La mise en espace

1. Quelles remarques faites-vous sur la mise en espace du poème ? Quelle est la disposition des rimes ?

La progression du poème

2. a. Relevez les noms géographiques : classez-les selon qu'ils désignent un pays ou une ville. Situez-les sur une mappemonde.

b. Relevez les mots et expressions qui les caractérisent. Sont-ils mélioratifs ou péjoratifs ?

c. Pourquoi pouvez-vous dire que ces différents lieux sont évoqués dans leur spécialité ?

d. Citez des expressions qui montrent que ces lieux sont personnifiés.

3. Le voyage est-il présenté ou non comme une belle aventure ? Pour répondre :

– relevez les mots qui appartiennent au champ lexical de la vue, de l'odorat, de l'ouïe ;

– identifiez le type de phrase utilisé dans le vers 5 ;

– appuyez-vous sur le lexique relevé à la question 2b.

Écrire

4. Continuez le voyage en évoquant d'autres lieux pleins d'attraits. Vous commencerez par « Voir… » et écrirez une ou deux strophes sur le modèle du poème d'Anna de Noailles.

Raoul Dufy (1877-1953), « La Moisson », aquarelle.

LE TORTILLARD

Locomotive
Au chapeau pointu,
Tu traînes entre les métives[1]
Ton petit tortillard têtu.

5 Toi. Tu trompettes à tue-tête,
Tu zigzagues comme un lézard.
Les bœufs regardent aux fenêtres,
On dirait un train de bazar.

Gare. La gare est là-bas sous les saules,
10 Au bord des eaux chantantes de sommeil.
Ta tête bleue roulait sur mon épaule
Je t'embrasse, vite, à chaque tunnel.

Au temps jadis, au clair temps des vacances,
Au temps de la fille, au temps du garçon,
15 Nos cœurs battaient comme gorge[2] de bête
L'amour est là. Nul n'en a le soupçon !

Plus tard, la vie brouillera ses étoiles,
Renversera les encriers sacrés
Nous pleurerons, le nez dans nos cartables
20 Les rois déserts et les lauriers coupés.

De cette estampe[3], en dessinant mon cœur
Tremble la ligne et le soleil glacé.
Le train s'enfuit et souffle sa vapeur
Gauche et timide au fond de mon passé.

Maurice FOMBEURE (1906-1981),
D'amour et d'aventure, Les Nouvelles Éditions Debresse.

---

1. Moissons.
2. Cou, poitrine.

3. Image imprimée au moyen d'une planche
gravée (gravure).

Repérer et comprendre

La mise en espace

1. Quelles remarques faites-vous sur la mise en espace ? sur le rythme ? Quel est l'effet produit ?

La situation d'énonciation

2. Qui désignent les pronoms « tu » (v. 3), « je » (v. 12) et « t' » (v. 12) ?

Les jeux de sonorités

3. a. À quelle comptine enfantine est emprunté le vers 2 ?

b. Quelle autre comptine est évoquée au vers 20 ?

c. Relevez quelques jeux de sonorités (notamment dans la première strophe).

d. *Le tautogramme.*

> On dit qu'il y a *tautogramme* (du grec *tauto* = même et *gramme* = lettre) quand chaque mot d'un vers ou d'une phrase commence par la même lettre.

Dans quel vers, chaque mot commence-t-il par la lettre *t* ?

e. Quel est l'effet produit par l'ensemble de ces jeux sur les sonorités ?

Le symbole

> *Le symbole* est un objet concret qui représente une idée ou bien une abstraction.
>
> Ex. : la colombe est le symbole de la paix.

4. a. Quel est le temps dominant au début et à la fin du poème ?

b. À partir de quel vers l'imparfait, puis le futur sont-ils utilisés ? Quels moments de la vie du poète sont évoqués ?

c. « Le train s'enfuit (...) au fond de mon passé » (v. 23-24) : que symbolise le train pour le poète ?

Rechercher

5. Cherchez dans le dictionnaire le sens des expressions suivantes : « mener un train d'enfer », « le train-train quotidien », « mener grand train ».

Écrire

6. Inventez plusieurs tautogrammes selon votre fantaisie.

« VIENS EN FRANCE... »

Viens en France, enfant lointain.
Nous avons des blés qui dansent, qui dansent :
on dirait des poupées.
Viens en France, enfant lointain.
5   Nous avons des villes vieilles, vieilles,
dont chaque pierre a une histoire ;
et des villes jeunes, jeunes,
plus jeunes que toi.
Viens en France, enfant lointain.
10   Tu connaîtras des garçons comme toi,
qui jouent, qui apprennent,
qui veulent être heureux.
Viens à Paris, enfant lointain.
Dans ma maison il y a de la musique,
15   du soleil, des gâteaux,
des livres profonds,
et au dehors une girafe énorme :
la Tour Eiffel,
que tu pourras peindre en bleu,
20   en mauve, en rouge,
tant que tu voudras.

Alain BOSQUET (1919-1998),
Le cheval applaudit, Éditions Ouvrières.

Repérer et comprendre

La mise en espace
1. Quelles remarques faites-vous sur la mise en espace ? Les mètres
sont-ils réguliers ? Les vers riment-ils ?

La situation d'énonciation
2. À qui s'adresse l'invitation (v. 1) ?

L'argumentation

3. a. Combien de fois l'invitation est-elle répétée, y compris dans sa variante, v. 13 ?

b. À quel mode est le verbe « venir » ? Quel est le type de phrase utilisé ? Quel est l'effet produit ?

4. Quels sont les arguments avancés pour convaincre ? Pour répondre :
– relevez l'énumération des beautés à découvrir et montrez qu'elle passe du général au particulier ;
– dites quel est le temps de l'indicatif principalement utilisé ;
– relevez quelques répétitions de mots et de sonorités. Contribuent-elles à rendre le poème plutôt gai ou plutôt triste ?

5. Quel monument est le symbole de Paris ? Relevez la métaphore qui lui est appliquée.

La visée

6. Pourquoi le poète lance-t-il son invitation avec insistance ?

É c r i r e

7. À vous de convaincre un enfant de venir dans votre ville ou chez vous. Vous vous inspirerez du poème de Bosquet (« Viens... / Nous avons... » ; répétitions de mots et de sonorités ; images poétiques...).

Picasso (1881-1973), « L'Ancienne Année », 3 décembre 1953, gouache.

DANS LE REGARD D'UN ENFANT

J'ai vu des continents
Des îles lointaines
De fabuleux océans
Des rives incertaines
5   Dans le regard d'un enfant

J'ai vu des châteaux
Des jardins à la française
Des bois des coteaux
De blancs rochers sous la falaise
10   Dans le regard d'un enfant

J'ai vu les Champs-Élysées
L'Arc de Triomphe la Tour Eiffel
Le Louvre et la Seine irisée
Comme un arc-en-ciel
15   Dans le regard d'un enfant

Claude HALLER (né en1932),
Poèmes du petit matin,
Hachette Livre.

Repérer et comprendre

La mise en espace
1. Quelles remarques faites-vous sur la mise en espace du poème ?
sur l'emploi de la ponctuation ?

La progression du poème
2. a. Quel est le titre du poème ? Désigne-t-il un enfant particulier ?
b. Dans quels vers le titre est-il répété, tel un refrain ? En quoi les vers
répétés sont-ils mis en valeur par leur place ?
c. Quelle anaphore rythme le poème ?
d. Quel est l'effet produit par l'ensemble de ces procédés ?

3. Quels différents sites sont évoqués dans chaque strophe ? Quel effet produit cette énumération ? Montrez, en citant le texte, pourquoi on peut dire que le poète passe de l'évocation de lieux lointains à celle de lieux de plus en plus restreints et identifiables.

4. a. Relevez la comparaison finale et analysez-la. Quelle qualité de la Seine est ainsi mise en valeur ?

b. Qui était la déesse Iris ? Quels rapprochements pouvez-vous faire entre les mots « irisée » (v. 13) et « arc-en-ciel » (v. 14) d'une part, « iris » et « regard » (v. 15) d'autre part ?

Écrire

5. Recopiez le poème en rétablissant une ponctuation pertinente. Vous lui donnerez une suite d'une strophe commençant par : « J'ai vu aussi... »

6. Recopiez ce poème en remplaçant certains mots par des dessins (ex. : à la place du mot Tour Eiffel, vous dessinerez la Tour Eiffel).

7. Lisez *L'Œil du Loup* de Daniel Pennac. Vous mettrez en poème ce que l'enfant voit dans l'œil du loup et ce que le loup voit dans l'œil de l'enfant.

Lire l'image (p. 118)

8. Repérez sur le tableau la signature du peintre et la date de l'œuvre.

9. Quelle technique a utilisée le peintre ? En quoi diffère-t-elle de la technique de la peinture à l'huile ?

10. Que représentent les deux visages ? Quel geste fait l'enfant ? Quel rapport de sens établissez-vous entre le titre du tableau et la scène représentée ?

CHŒUR D'ENFANTS

(À tue-tête et très scandé)

Tout ça qui a commencé
il faut bien que ça finisse :

la maison zon sous l'orage
le bateau dans le naufrage
5 le voyageur chez les sauvages.

Ce qui s'est manifesté
il faut que ça disparaisse :

feuilles vertes de l'été
espoir jeunesse et beauté
10 an-ci-en-nes vérités.

MORALITÉ

Si vous ne voulez rien finir
évitez de rien commencer.
Si vous ne voulez pas mourir,
15 quelques mois avant de naître
faites-vous décommander.

Jean TARDIEU (1903-1995),
Le Fleuve caché, Gallimard.

Repérer et comprendre

La mise en espace
1. Quelles remarques faites-vous sur la mise en espace ? En quoi ce poème s'apparente-t-il à une fable ?

La situation d'énonciation
2. a. Relevez les expressions appartenant au langage familier. Qui est censé dire le poème ? Relisez le titre pour répondre.
b. Que signifie la mention « À tue-tête et très scandé » ? Pourquoi est-elle entre parenthèses ?

La progression du poème
3. En quoi la deuxième et la quatrième strophe s'opposent-elles ? Pour répondre, appuyez-vous sur les champs lexicaux.
4. Quelle est l'idée exprimée dans la première et la troisième strophe ?

La moralité
5. a. En quoi les strophes 1 et 3 annoncent-elles la moralité ?
b. Le sujet abordé dans les trois derniers vers est-il grave ? Sur quel ton est-il évoqué ? Justifiez votre réponse.

Le Début et la Fin

Au petit jour naît la petite aube, la microaube
puis c'est le soleil bien à plat sur sa tartine
il finit par s'étaler, on le bat avec le blanc des nuages
et la farine des fumées de la nuit
5   et le soir meurt, la toute petite crêpe, la crépuscule.

Raymond Queneau (1903-1976),
Le Chien à la mandoline, Gallimard.

Repérer et comprendre

1. Décomposez le mot inventé « microaube » (v. 1). Quel peut être son sens ? De quel mot est-il l'homophone ?

2. a. Cherchez le genre du nom « crépuscule » dans le dictionnaire.

b. Quel genre a-t-il au vers 5 ?

c. Pourquoi peut-on dire que ce mot tel qu'il est utilisé dans le poème est un mot-valise (voir p. 57) ? Pour répondre, retrouver les deux mots qui sont associés.

d. Expliquez le jeu de mots sur lequel repose le dernier vers.

3. Relevez les métaphores : identifiez les composants. À quel champ lexical appartiennent-ils ?

La poésie

Connaître les poètes

1. Associez chaque poète avec son siècle.

Rostand   •   • XVIe siècle
La Fontaine •   • XVIIe siècle
Hugo   •   • XIXe siècle
Du Bellay   •   • XXe siècle
Garcia Lorca •
Prévert   •
Baudelaire •

2. Retrouvez, dans le recueil, les auteurs des poèmes suivants :
À l'encre de Chine ; *La Lionne et la Mouche* ; *Avril* ; *Cherchez le Z*.

3. Rédigez, au choix, la biographie de Du Bellay, La Fontaine, Hugo ou Baudelaire.

Analyser la mise en espace

4. *Prose ou vers.*
Rétablissez la mise en espace originale de ce quatrain d'un poème de Gautier, présenté ici comme un texte en prose.

> *Dans la forêt chauve et rouillée il ne reste plus au rameau qu'une pauvre feuille oubliée, rien qu'une feuille et qu'un oiseau.*

5. *Le mètre.*
Décomptez les syllabes de chacun des vers suivants : lesquels sont des alexandrins, des décasyllabes, des octosyllabes ? (Attention au *e* à la finale des mots : mettez-le entre parenthèses quand il ne compte pas.)

> *Ce beau temps me pèse et m'ennuie.* (Nerval).
> *Au temps jadis, au clair temps des vacances.* (Fombeure).
> *Elle avait pris ce pli dans son âge enfantin.* (Hugo).

6. *Les accents et la césure.*

Dans les vers suivants, soulignez les syllabes accentuées et marquez la césure d'une barre verticale.

> *Lorsque ma sœur et moi, dans les forêts profondes*
> *Nous avions déchiré nos pieds sur les cailloux.* (Banville).

7. *Les strophes.*

Cherchez dans le recueil et recopiez un exemple de chacune des strophes suivantes : tercet – quatrain – huitain – dizain.

8. *Les rimes.*

Complétez les rimes ci-dessous à l'aide des mots suivants : château – personne – lourdes – poètes – mouillée – bienheureuses – tente – nuit.

Rimes embrassées	Rimes suivies	Rimes croisées
a langoureuses	**a** environne	**a** chevaux
b planètes	**a**	**b**
b	**b** servante	**a**
a	**b**	**b** agenouillée

Reconnaître les formes poétiques

9. a. Recopiez la définition du sonnet.

b. Lisez les sonnets du recueil. Lequel préférez-vous ? Pourquoi ?

10. Approfondissez vos connaissances : cherchez la définition de l'ode, de l'odelette, de la chanson et du rondeau.

11. Citez deux fabulistes célèbres et précisez à quelles époques ils ont vécu.

Dire un poème

12. Avec quelques camarades, répartissez-vous les rôles d'une fable et mettez-la en scène pour la jouer devant la classe.

13. Choisissez un poème du recueil, apprenez-le par cœur et récitez-le à la classe après avoir justifié votre choix.

Index des notions

Index des auteurs

Table des illustrations

Texte p. 102, © Marianne Olivieri-Ramuz, « La Muette », CH 1009 Pully.
Édition : Laure de Cazenove
Iconographie : Édith Garraud
Principe de maquette et de couverture : Tout pour plaire
Mise en page : ALINÉA

s'engage pour
l'environnement en réduisant
l'empreinte carbone de ses livres.
Celle de cet exemplaire est de :
400 g éq. CO$_2$
PAPIER À BASE DE   Rendez-vous sur
FIBRES CERTIFIÉES   www.hatier-durable.fr

Achevé d'imprimer chez Grafica Veneta à Trebaseleghe - Italie
Dépôt légal : 75112-7/11 - Décembre 2014